ママたちの下剋上

深沢 潮

小学館

ママたちの下剋上

装画　長田結花
装幀　山田満明

目次

下剋上……地位の下の者が上の者をしのぎ、あるいはとってかわることを意味する語。（日本大百科全書）

めばえスクール

1

今日は最後のレクチャーの日だ。もうすぐ私は専業主婦になる。

門柱に埋め込まれた大理石に刻まれた文字を、そっと指でなぞってみる。

「聖アンジェラ学園」

懐かしさで頬が緩み、緊張がわずかに解けた。白いブラウスに紺色のジャンパースカートの制服に身を包み、この門を通ったのは、ついこの間のことのような気もするし、遠い昔の出来事にも思える。

門から見える大きな桜の木は、聖アンジェラ学園のシンボルのようにそびえ立ち、同じ敷地内にある中等部、高等部からも、春には咲き誇る花が望める。

あの木の下で、シスターアグネスと手をつないでみんなのことを眺めていた自分の姿が頭に浮かぶ。いまの季節はまだ芽吹いてもいないが、あのときはたっぷりと緑が茂っていた。中等部の入学式の日は、満開を過ぎて葉桜だったことも憶えている。

チャイムが鳴り、少しして生徒たちが寒空の下、校庭に出てくるのが見えた。休み時間のようだ。

「最後が母校ってすごいですね」羽田《はた》さゆりが話しかけてきた。

そうね、とだけ答えたが、最後の訪問校を母校にしたからこそ、この仕事を辞めることを受け入れられたのかもしれない。

「どうもどうも」

五十代後半ぐらいの男性が、薄い頭髪を撫でながら、小走りで近づいてきた。前髪が後退し、おでこがやたらに広い。ねずみ色のスーツ姿で、背が高くひょろっとしている。銀縁眼鏡の奥の目はまばたきを繰り返し、神経質そうに見えた。急いで来たからか、夏でもないのに鼻の頭に汗をかいている。

「クレールの小川《おがわ》さんですね？」

門扉ごしに訊かれ、はい、と頷いた。

男性は、眼鏡のつるをつかんで目を細め、私を頭のてっぺんから靴の先まで舐めまわすように見た。

「普通の感じだね」

「は？」

「あ、いや、もっとキャリアウーマンって感じかと思ってね」

男性は、取り繕うように言った。

「僕は、副校長の佐々木《ささき》です」

佐々木は、門扉の鍵を開けて、どうぞ、と私とさゆりを門の中へと促した。

よろしくお願いします、と頭を下げつつ校内に入る。

「さ、こちらです」

ハンカチで顔をしきりに拭いている佐々木のあとに続いて校庭を横切る。

半ズボン姿の男の子が校庭を駆け回っているのを見るのは、不思議な気分だ。

そうだ、聖アンジェラ学園初等部は、共学になったのだった。

「小川さんは卒業生だと、平井《ひらい》校長から伺っています。社会で活躍する立派な卒業生がいて、僕も誇らしいですよ」

佐々木の言い方は薄っぺらな調子で、いかにもお世辞めいていた。

「いえ、とんでもないです」

「でもね、小川さん、僕は、こういうの……」

そこで佐々木は、一度咳払いをして、つまりね、と続ける。

「そのね、ブッ、ブラジャーの選び方なんていうレクチャーは、学園でやらなくてもいいんじゃないかって、保護者からのクレームもあるんですよ。だいたいそんなこと、それぞれの家庭で教えればいいことでしょう」

いきなり文句を言われて戸惑う。

「下着選びって、姿勢や意欲にも影響を及ぼすんですよ。大事なことなんです」感情を抑えつつ言った。

「平井校長がどうしてもっていうからやることになったけど、わざわざ貴重な授業時間を削らなくてもねえ……」

私は返答に窮して黙っていた。

校舎内に案内され、塵ひとつない清潔な廊下を歩いていると、見覚えのあるステンドグラスが廊下の窓にあった。私が通っていた頃と同じステンドグラスがちゃんと残されている。

赤、青、黄色、紫のガラス越しに差し込むやわらかな光に、ささくれた心が癒《いや》された。


私は家庭科室の教壇に立って、パソコンを操作し、パワーポイントソフトを使って、レクチャーを進めた。

カーテンを閉め、照明も消した暗い教室の前方にスクリーンがあり、そこには胸のふくらみの段階によってどんな種類のブラジャーを使ったらいいかをわかりやすく図解した画像が映し出されている。

その図をもとに説明を加えながら、目を凝らして教室を見回す。

後方では母親たちがスチール椅子に座っており、スクリーンを見つめ、静かに耳を傾けていた。

白いブラウスに濃紺のジャンパースカートの女子児童たちもスクリーンにじっと見入って話を聞

いている。なかには机に身体を預けて態度の良くない子もいるが、ほとんどは集中してくれている。

先生方もすべて女性で前方と後方の両方にいたが、シスターアグネスこと平井校長様の姿は見当たらず、私はがっかりしたようなほっとしたような気持ちだった。

私の勤める下着メーカー、株式会社クレールは、広報宣伝活動の一環として、小学生の親子向けに、ブラジャーの選び方教室「めばえスクール」を展開している。現在は関東と関西、九州の一部が中心で、徐々に全国に広がり始めていた。小学校のみならずジュニア向け下着の店舗「クレールジュニア」のある全国の百貨店でも、催事として「めばえスクール」を行っている。

この「めばえスクール」は私が立ち上げに関わり、中心となって進めてきたプロジェクトで、女性社員だけで運営してきた。「初めてのブラジャーから、ちゃんと身体に合ったものを着けよう」という、いわば啓蒙活動だ。

案外、大人も子どももブラジャーの選び方を知らないものだ。親が適当なものを買ってきて、サイズの合わないものを与えてしまうことも少なくない。

女の子の下着選びは重要だ。色、柄から選ぶのではなく、身体に合ったものを選ぶことが姿勢や体調にも影響し、それが勉強やスポーツへの意欲にも関わってくる。さらに胸の小さい子も大きい子も、きちんと下着を選び、美しい形の胸になれば、コンプレックスも解消される。

初めてブラジャーを着ける女の子を描いたアニメーションが終わり、カーテンが開かれた。この後は、さゆりとレクチャーを交代することになっているので、教壇から降り、教室の端に移動した。

明るくなると、児童たちは急に騒がしくなる。横を向いて離れた友達と話し始める子や、頬をほんのりと赤くしてはにかんだ笑みを浮かべ、隣の子と控えめにおしゃべりをする子がいる。

小学生ってかわいいなあ。

こっちまで笑顔が伝染してくる。私は、ふたたび教室内を見回した。すると、机に突っ伏していた児童が顔をあげ、私と目が合った。

姪の舞花《まいか》だった。

軽く動揺したが、顔に出さないようにつくろう。舞花は私の姿を認めると、気まずそうな顔になった。私は舞花の気持ちを和らげようと、ウィンクをひとつして、小さく手を振る。

舞花は憂いのある表情のまま、仕方なくといった風情で手を振り返し、私から目をそらして窓の方を向いた。

まさかあのふてぶてしい態度をとっていたのが舞花だったなんて。どんな心の状態だったのだろうかと心配でたまらない。

身内が自分の学校に来て、居心地が悪い感じがしているのだろうか。

いつもの明るい舞花を思い出し、今日は調子が悪いだけだ、素直な子だからきっと大丈夫、と心のうちで唱えて胸のざわつきを抑えた。

サンプルのブラジャーを配ると、児童のはしゃぎ声がますます激しくなっていく。それに伴い、母親たちも思い思いにおしゃべりに興じ始める。

「下着の話なんかして、へんに興味持っちゃったら、受験に差し障るんじゃないかしらね」

全身黒っぽい服で地味な感じの年配の母親が、ピンク色のニットを着た隣の若い母親にしきりに話しかけている。

「ええ、まあ」若い母親は、無難に返した。

「こんなことしてる暇があるなら、家に早く帰してほしいわよ。塾で忙しいんだから……うちの子ね、こないだ……」黒ずくめの母親は、さらにしゃべり続ける。

さゆりはレクチャーを始めようとして声を発したが、まったく聞こえていないのか、喧騒は収まらない。さゆりは途方にくれた顔になり、助けを求めるような眼差しを私に向けた。

そのとき、聞き覚えのある懐かしい音が、教室の後ろから響いてきた。

コツ、コツ、コツ。

コツ、コツ、コツ。

机を指輪で叩く音。

メトロノームのように規則的な音とともに、騒がしい声はだんだん小さくなっていき、しまいには水を打ったように静かになった。

「みなさん、クレールのお姉さま方に失礼ですよ。最初に話してくださった方は卒業生でいらっしゃいます。恥ずかしくないのですか?」

まぎれもなく、シスターアグネスの声だ。以前と変わらない厳《おごそ》かな声。

いつの間に家庭科室に来たのだろう。まったく気づかなかった。

少し離れたところから見るシスターアグネスは、ちっとも歳をとっていないように思えるが、六十歳は超えているはずだ。そもそも年齢不詳で、私が小学生の頃すでに六十だったと言われても納得したかもしれない。修道服が老け込ませて見せたのだと思う。しかし、いま神々しく微笑むシスターアグネスは、逆に実年齢よりもかなり若く私の目には映った。

児童たちは姿勢をただしている。舞花もみんなに倣っているので安心した。母親たちのなかには騒いだことを恥じているのか、お互いに目配せをし合っているものもいた。黒ずくめの母親は、口をへの字に曲げている。

「では、クレールさん、お願いしますね」

シスターアグネスがさゆりに向かってゆっくりと頷く。

「配ったブラジャーですが……」

さゆりが教壇に立ち、ブラジャーを手に説明を始め、レクチャーが再開した。

シスターアグネスの指輪の音は、何年経っても変わっていなかった。あの音を聞くと生徒たちはたちまちおしゃべりをやめ、背筋をぴんと伸ばす。

右手薬指にはめられたプラチナの指輪を見て、編入したての私がシスターアグネスに質問したことを思い出した。

「お母さんは左手にしているのに、シスターはどうして右手に指輪をしているのですか?」

当時の私はシスターのはめている指輪が結婚指輪に見えたのだと思う。それまでシスターという存在と接点がなかったので、何もわかっていなかった。

「神様と結婚したから、右手の薬指なのですよ」

シスターアグネスが答えてくれた。あのときは意味も解《げ》せず、神様と結婚する人もいるのかと感心したのだった。

私はシスターアグネスのそばに行き、小声で「ありがとうございます」と頭を下げた。尊敬する恩師に会えてとても嬉しかった。

シスターアグネスは視線をこちらに向けて微笑み、軽く頷いた。

そばで見ると、おそらく化粧など一度もしたことのないシスターアグネスの素肌は、細かい粉をふいている。眉毛は手入れしていないのか、昔と同様伸びるがまま、ぼうぼうだが、白髪がかなり混じっているのが以前とは違う。皺は少ないが、くっきりとしたほうれい線は目立ってきている。

生涯男性に嫁ぐことなく信仰に身を委《ゆだ》ねるシスターアグネスは確実に年齢を重ねていた。しかし、シスターアグネスの佇《たたず》まいには、そんな世俗の営みを超越した崇高さがあった。年を取ると、ひとは心のありようが色濃く表れてくるものだとしみじみ思う。

その後は、羽田さゆりのレクチャーを見守った。

さゆりはよくやっている。説明もわかりやすかった。彼女はきっと立派な戦力になりうる。私が退職しても、さゆりがこのまま成長していけば下着メーカー、株式会社クレールの広報宣伝活動である「めばえスクール」も順調に全国で展開できるだろう。

「今後は羽田さんに後半をやらせてみて。引き継ぎも本格的にしないとね」

退職を告げた数日後の会議で、広報宣伝部の山崎《やまざき》部長に言われた。

私は、会社を辞めると決めたのは自分自身だというのにもかかわらず、いよいよ自分が会社にとって必要のない人間になるようで寂しかった。

「それにしても、やっぱり辞めないってことにはならないのかしら？」

山崎部長の言葉に心はぐらついた。

そもそも比較的女性が働きやすい職場であるクレールにおいて、キャリアを中断するのは信じられないというのが部長の考えであった。部長自身も三人の子どもを抱えて第一線で働き続けている。

「小川さんが抜けると痛いのよね」

ため息交じりに言われて、返す言葉が咄嗟《とっさ》に見つからなかった。慰留されるのは嬉しいが、夫の祐介《ゆうすけ》のことを思うと、気持ちは引き裂かれる。

「めばえスクール」はやっと軌道に乗り、人員も増えることが決まっている。この辺で辞めるのが潮時なのだと思う。これ以上続けたら、いままでにも増して忙しく全国各地の小学校を飛び回らなければならなくなり、祐介との亀裂はますます深まってしまう。

祐介はクレールの親会社である大手商社、「丸前物産《まるぜん》」に勤めている。結婚して三年だが、祐介は出張ばかりの仕事は辞めてほしいと喧嘩のたびに訴え、そろそろ子どもも欲しいと口にする。

私だってわかっている。

自分が三十半ばに近づいているということも。

祐介は優しいけれど、寂しがり屋の甘ったれだということも。

国内にしろ、海外にしろ、祐介の赴任先が変われば遅かれ早かれクレールを退職せざるをえないのだから、そういった意味でもいまが辞め時なのだ。

さゆりが滞りなくレクチャーを終えると、シスターアグネスが、「さあみなさん、お姉さま方にお礼を言いましょう」と生徒を促した。

「ありがとうございましたー」

いかにも小学生らしいはつらつとした声が揃って響く。続いて、保護者から拍手が湧いた。私は胸がいっぱいになり、何度も頭を下げた。そして、この仕事を辞めるのは惜しいなどと、未練がましい思いに駆られていた。

「榎本《えのもと》さん、本当に立派だったわ。素晴らしかった。わたくし、感動いたしました。『めばえスクール』はあなたが企画して始めたそうですね」

シスターアグネスは顔をほころばせた。旧姓の「榎本」と呼ばれるのもこそばゆい。

「来年もまたレクチャーをよろしくお願いしますね」

「実は私、もうすぐクレールを退社することになっているんです。もちろん、後任のものがしっかりと引き継がせていただきます」

「え、お辞めになるの？　そうですか……」

校長様は慈愛に満ちた瞳で私を見つめ、それ以上、訊いてこなかった。根掘り葉掘り辞める理由を訊いてくる人もいるなか、その心遣いはありがたかった。

「あの、そろそろ失礼します」

「まあ、ごめんなさい、お引き止めして。榎本さん、お時間ができたら、遊びにいらしてね」

はい、そうしますと言って頭を深く下げ、さゆりとともに校長室を出た。

廊下を歩きながら、さゆりが、「シスターって独特の雰囲気ですね。ピュアーっていうか」と呟いた。

揶揄《やゆ》するような口調に、母校の恩師を小馬鹿にされたような気がして気分が悪かった。

「シスターアグネスは、素晴らしい方よ。まあ、多少世間知らずなところはあるかもしれないけど……」

「なんというか、いかにも聖職者、という感じですよね」

その聖職者の心のあたたかさに救われてこうしていっぱしの社会人になれたのだ、と思いながら、私は廊下の窓越しに桜の木を見つめていた。

2

三月三日、桃の節句の日に、最後の出勤となった。有給休暇を残して、今月付の退社となっている。

クレールに入社して十年、広報宣伝部に配属されて五年だ。長く働けて、女性が活躍できる職場という観点で就職活動をし、クレールを選んだ。だから、結婚しても、子どもができても、ずっとここで働くつもりでいた。辞めることになるなんて思いもしなかった。

デスクの周りを片付け、各部署に挨拶に回ると、後ろ髪を引かれる思いばかりが膨らんだ。しかし、いまさらどうにもならない。

会社と同じビルにあるアメリカンダイニングでの送別会には、広報宣伝部のほぼ全員が駆けつけてくれた。大きな花束をもらい、乾杯をする。

「小川さん、お疲れ様」

隣の山崎部長がワイングラスを差し出したので、もう一度ふたりでグラスを合わせた。

「ご主人、結婚式で会っただけだけど、優しそうだし、理解ありそうで、保守的には見えなかったんだけどなー。なんか、残念よ、ほんと。夫婦のことは夫婦にしかわからないものだけど、働き続けるように粘ってほしかったなあ」

「すみません」

「ううん、責めてるんじゃないの。私なんかの時代は男女雇用機会均等法ができて間もない頃で、女性が総合職でばりばり働くっていうことにものすごく価値をおいたんだけど、なんか、最近は変わってきてるって思う。給料のいい人を見つけてできれば専業主婦になりたいって考える子も驚くほど多いし、なんだか、時代が戻ってしまっている感じ。小川さんが会社を辞めるって聞いて、ますますそう思った」

「部長、私……続けたい気持ちも……なかったわけではないんです」

「小川さんが悩んで決めたのはわかってる。要するに、いつまでたっても男の頭は古いままなのよね。その男を育てた母親世代も問題よね」

私は祐介の顔を思い浮かべた。しかも、それは、出張に行くと告げたときにすねて文句を言う顔だった。

「夫を甘やかさないほうがいいわよ。うちだって理解があるほうだし、家事も育児も手伝ってくれるけど、あくまで手伝うってだけで主体は私だもん。正直、しんどい。なのに、姑なんて会うたびに、自分の息子が手伝わされてかわいそう、みたいなこと言うし……」

「やっぱりお子さんがいると大変なんですね」

「うちの会社は産休も育休も取りやすい雰囲気だけど、それでも露骨に嫌な顔をする人がいなかったわけじゃないしね。その人にしてみれば、私の分の仕事が増えるから、迷惑なのは確かだし」

「そうだったんですか……」

「子どもを産んでから、私、謝ってばっかりよ。会社の同僚に謝り、保育園のお迎えに遅れて先生に謝り、子どもに謝り、夫に謝り……姑にまで……ね」

山崎部長が弱音を吐くのを聞いたのは初めてだ。

「あ、なんかごめんなさいね。小川さんがいなくなっちゃうのが寂しくて、ちょっと愚痴っちゃった。私、先に失礼させてもらうね。今日はひな祭りでしょ。高校生の長女がちらし寿司を作ったっていうから。あの子、料理が好きなのね。よく作ってくれるから、結構助かってるの。今日は最後までいられなくてごめんなさいね」

「いえ、本当にいままでありがとうございました」

可愛がってくれた上司を目の前に、それまで抑えていた感情が溢れ出そうになった。こみあげてくるものをこらえて、頭を下げる。

「うん、元気でね」山崎部長は席を立った。

部長が帰って空いた席に、昨年四月に新入社員として入社した木浪晴夏《きなみはるか》がやってきた。彼女はこの一年、「めばえスクール」のプロジェクトのアシスタントをしている。

「小川さんに憧れていたので、辞めちゃうの、さみしいです。私、小川さんの活躍する記事をネットで読んで、感動しました。それがクレールを志望した大きな理由なんです」

前の席に座っていた羽田さゆりが、「私も、さみしいです」と会話に入ってくる。

「本当に辞めちゃうなんて。でも、ちょっと羨ましいかも、です」

「え？　どうして？　羽田さん、仕事辞めたいの？」周りに聞こえないように声を落として訊いた。

「いえ、そういうわけじゃないんですけど。私なんて、働かないと食べていけないですから。簡単に辞められる身分じゃないんです。一人暮らしだし、独身だし」

悪気なく言っているさゆりだが、私へのあてつけのようにも聞こえる。つまり、私が贅沢だと言いたいのだろう。

けれども考えてみれば、さゆりの言うとおりではないだろうか。私は恵まれているのだと思う。

私自身は会社を辞めることに葛藤したが、世間から見ればあまっちょろいのかもしれない。

考え込んでしまっていたら、晴夏が、「そうだ、小川さんって子ども好きでしたよね？　甥っ子さんとか姪っ子さんのこと、すごく可愛がってますもんね」と話題を変えてくれた。

「うん、好きなほうだと思うけど」

「私、苦手なんですよねえ。特に小学生。だからこれから『めばえスクール』の現場に出るように部長に言われてちょっと心配なんです」

「大丈夫よ、私も子ども苦手だけど、なんとかやってるから」さゆりが答えた。

「そうね、私みたいに、子ども好きだと反応を過剰に気にしちゃうから、かえって苦手なぐらいのほうが距離を持ってできるからいいんじゃないかな」

「それを聞いてちょっと安心しました」晴夏はほっとした表情になる。

軌道に乗るまで紆余曲折あったプロジェクト、「めばえスクール」に最初から関わり、中心になってこれまで走り続けてきた。手放すのは心苦しい。

料理に手を伸ばしているさゆりと晴夏を交互に見る。

私は、ワインを喉に流し込み、クレールからいなくなるのだ、「めばえスクール」はさゆりや晴夏が引き継いでいくのだと、自分に言い聞かせた。

3

通勤ラッシュから解放されて一週間がたった。

最初こそは、のんびりと本が読めたり、空いている映画館で映画を観られたりすることを喜んでいたが、しだいに時間を持て余し始めた。夫婦ふたりだけの生活で、家事も大した手間ではなく、すぐに終わってしまう。

フルタイムで働いていた日々と違って、目的もなく時間を潰しているだけのような毎日はつまらない。習い事でもしてみようかと思うが、特に興味をひくものもなかった。

こうやって、昼間から特に面白くもないテレビのバラエティ番組やドラマの再放送をぼうっと見ていると、自分が世の中から取り残されていくような気がしてくる。

「めばえスクール」は私が抜けてもうまくいっているだろうかと気になった。覗いてみたホームページでは特に変わりないようだが、実際はどうなのだろう。会社をふらりと訪ねようかと考えて、いや、それは止めておくべきだと思いとどまる。

退社するときに、いつでも会社に遊びに来て、とみんなが口々に言ってくれたが、その言葉を真に受けて会社を訪ねて行ったって、向こうにとっては迷惑なだけだ。定年退職した元上司がしょっちゅう会社に来たことがあり、鬱陶しいと陰で文句を言われていた。去ったものは、未練がましく戻ったりするべきではない。しかもまだ辞めてたったの一週間だ。

特に生活に困るわけではないこともあって、クレールで働き続けることを祐介に強く主張できなかった。だが、もう少し粘ればよかったのではないかとすでに後悔している。身体を壊したとか、子どもができてというわけでもないのに、あっさり仕事を手放すべきではなかった。

会社から離れてみて、自分がいかに仕事を好きで、生きがいを感じていたかを思い知らされている。

祐介は、毎日帰宅したときに私がいて食事を用意していることを喜んでいて、機嫌がいい。

「暇過ぎてちょっと退屈」

それでも夕食時に、つい本音が出てしまう。

「だったら、昼間の気軽なアルバイトかなんか探したら」

「うん、そうだね」

答えたものの、時間を潰すだけのために、アルバイトをする気にはなれなかった。

どうして男というだけで仕事を続け、つねに変化に晒されるのは女ばかりなのだろう。アルバイトや仕事まで夫に指図されるのかと思うと、「気軽な」という形容詞をつける祐介の言葉が癪《しゃく》に障ったが、そのままやり過ごした。退屈だと夫に嘆いた自分を後悔する。

翌日もやることがないので、最寄りの桜新町《さくらしんまち》駅から東急田園都市線に乗り、二子《ふたこ》玉川《たまがわ》に出向いた。ショッピングセンターやデパートをうろうろしていると、ベビーカーを押しているママ友グループや女性の団体が多く目に付いた。身なりもおしゃれで垢抜けている。昼間の二子玉川は、恵まれた専業主婦の社交場のようだ。

そういえば姉の逸美《いつみ》も、二子玉川で母親同士のランチをすると言っていた。街の空気を作っている世界がこれまで過ごしてきたものとあまりにも異なり、自分が宇宙人のように思えてくる。ママ友や専業主婦同士の付き合いがどんなものなのか、私には想像できない。

気がつくと、デパートの子供服売り場の一角にある、クレールのジュニア用下着売り場「クレールジュニア」に足が向いていた。このデパートでも「めばえスクール」を開催したことがある。四年ほど前には、ここの更衣室に隠しカメラがあって盗撮されているという噂がネット上に流れたことがあり、私はその火消しに奔走したことを思い出した。売り場にも何度か来たことがある。

少し離れたところから売り場を覗くと、客は誰もいなかった。二十代半ばぐらいの女性スタッフが手持ち無沙汰な様子で立っている。

思い切って売り場に足を踏み入れ、パジャマや下着を眺める。全体的にピンクと水色の、かわいらしい、やわらかい雰囲気の内装になっている。

「なにかお探しですか?」

スタッフに話しかけられた。

「あ、いえ、あのう、姪に……」適当にごまかした。

「プレゼントですか?」

「あ、はいそうです」

「姪ごさんは、おいくつですか?」

「四月から小学五年生です」

「小物はいかがでしょう。手頃な価格で、贈り物として好評なんですよ。こちらです」

そう言って、スタッフが指してくれたコーナーには、バスタオルとフェイスタオルのセット、室内ばき、髪の毛をまとめるシュシュや、オーデコロン、リップクリームなどが置いてあった。

ピンク、黄色、白、水色などの種類があり、双葉のロゴマークがあしらってあるオリジナル商品だ。可愛らしくて、小学校高学年の子や中学生がいかにも好みそうだった。クレールの商品は秀でていると、あらためて思う。

私は一番安価なリップクリームを手にして、「これにします」とスタッフに渡し、贈り物用にラッピングしてもらった。

予定外の買い物をしたけれど、舞花のことは聖アンジェラ学園に「めばえスクール」で訪れてから気になっていた。リップクリームのプレゼントは、舞花と話をする口実になっていいかもしれない。

あの日、姉からメッセージが来た。

「香織《かおり》のことかっこよかったって舞花が言ってたよ。ママたちの間でも、優秀な卒業生が来たって話題になってた。私も見たかったよ。舞花の叔母、つまり私の妹だって言ったら、羨《うらや》ましがられちゃった」

そのとき、舞花の様子が少し変だったことは、なんとなく言いづらくて、姉への返信では触れなかった。

あれから舞花はどうしているだろう。近々姉の家にリップクリームを持って遊びに行ってみよう。舞花の喜ぶ顔が見たい。

クレールジュニアの売り場に行ってすっかり気分がよくなった私は、地下の食料品売り場で「花ちらし弁当」を買った。桜の開花まではまだ間があるが、食料品売り場は桜をモチーフにした飾り付けがなされ、華やかな雰囲気だった。

聖アンジェラ学園の桜の木が思い浮かび、シスターアグネスの言葉が蘇る。

「榎本さん、お時間ができたら、遊びにいらしてね」

私は明日にでも電話をかけて、シスターアグネスを訪ねようと思った。

二子玉川から桜新町の自宅マンションに戻ると、封書の手紙がメールボックスに入っていた。おそらく万年筆で書かれたであろう達筆な字で宛名と住所が書かれ、桜の花の切手が貼ってある。裏返して差出人を見ると、シスターアグネスだった。訪ねようと思っていた矢先だったので、その偶然に驚くと同時に嬉しくなり、部屋に入るやいなや封書を開けた。

「小川香織様

桜の開花も間近となりました。お元気でお過ごしのことと存じます。

過日はあなたに久しぶりにお会いできて、とても嬉しゅうございました。活躍のご様子、誇らしく思います。

聖アンジェラ学園の卒業生が立派に歩んでいっていることは、生徒のみならず、親御さんたちにも希望を与えてくれます。

めばえスクールのあとに、お話を伺った際、会社をお辞めになるとおっしゃっていましたが、いまごろは落ち着かれた頃でしょうか。

実はお願いがございまして、こうして手紙をしたためました。

わたくしどもの学園では、広報の仕事を専任でなさってくださる方がおらず、国語の教師が兼務いたしております。そのため、片手間になってしまい、なかなかみなさまに聖アンジェラ学園の良きところを周知するに至っておりません。しかも、その教師も今年度で退職してしまうのです。

たいへん、困っております。

小川さん、よかったら、お手伝いくださいませんか。

これまで培った力を活かして、学園の広報担当者として、わたくしどもを助けてくださいませんでしょうか。

急なことではありますが、四月の新学期よりお願いできませんか。

一度お会いして、お話をさせていただければと思いますが、まずは手紙を書かせていただきました。

前向きにご検討願えれば幸いです。

ご連絡をお待ちしております。

まだまだ肌寒い日もございます。風邪など召されぬようご自愛くださいませ。

シスターアグネス　平井辰子《たつこ》」

4

「つまり、香織がアンジェラで働くかもしれないってこと？」

姉はシスターアグネスからの手紙を私に返しながら訊いてきた。

店内は混雑して騒がしく、会話が自然と大声になったが、姉は半ば怒鳴っているような声だった。

「まだオファーを受けるかどうかは、はっきり決めていないよ」私も声量を上げて答える。

「ふうん」

姉はパンケーキの上に載った大量の生クリームをフォークでつつき、ひとかけらをすくって口に入れた。

いつも姉には丸前物産のファミリーセールの葉書きを送っているが、今日の姉はそのセールで昨年購入したと思われる二十代向けブランドの服を着ていた。私もセールに行ったので、見覚えのある服だった。

姉は早くから白髪が目立ち、黒く髪を染めているが、四十前だというのにかなり老けて見える。流行を押さえた身なりをしていても、疲れて余裕のない雰囲気が自ずとにじみ出てしまっている。義兄は九州に単身赴任で不在だ。やはりたったひとりでふたりの子どもを育てるのは苦労が多いのだろう。まして下の子、海斗《かいと》は今度の秋に小学校受験を控えている。

私は目の前の姉から、自分のパンケーキの皿に視線を移した。姉の注文したパンケーキと違って、生クリームは載っていない。これを注文したときに姉から、「自分だけ太りたくないんでしょ」と嫌味っぽく言われたことを思い出し、口の中が無性に渇いてくる。

私は自分の唾で口内を潤し、それを飲み込んだ。

「だから、お姉ちゃんに学校のことといろいろ訊こうと思って。私が通っていた頃とはずいぶん雰囲気が違うし、男の子もいるし」

「ははあん。それで珍しく香織から、誘ってきたんだ。原宿《はらじゅく》でパンケーキおごるって言うから来たけど、ふたりだけって珍しいなって思った」

そういえば、舞花や海斗に会いに行くことはあっても、姉を誘って出かけたことは近年ない。

「アンジェラのことだけじゃなくて、たまには姉妹でお茶するのもいいんじゃないかと思って」取って付けたような言い方になってしまった。

「ふうん、香織って、あたしのこと馬鹿にしてんのかと思ってた」姉は一口大に切ったパンケーキをほおばる。

「そんなことないよー」と答えるが、声が妙に高くなってしまい、不自然に響いた。

私は慌ててコーヒーを飲んでごまかす。

英才教育だのお受験だのに夢中な姉のことを冷めた目で見ていたのは事実だった。幼い頃はどちらかというと仲もよかったのに、それぞれがそれぞれの道を歩み始めてから、特に私が留学し、大学生になってからは、なんとなく距離がある。

「アンジェラの初等部は定員割れして人気ないから、評判良くしようと必死なのよ。そのために、副校長が来て、男子を入れて、中学受験に特化したクラス作るっていう方針転換をしたの。ハード面では校舎も建て替えたしね」

「高校が順徳大学とつながったのに、人気ないの？」

「まあ、あそこ自体、三流大学だからね。アンジェラの中等部、高等部が進学校ならまだしも、偏差値が五十もないような女子校、なんの魅力もないわよ」姉は吐き捨てるように言った。

なんのてらいもなく三流大学と言い切る姉は、いつからそんなヒエラルキーでものを見るようになったのか。私は姉のこうした学歴至上主義的な考え方が好きではない。

「アンジェラはいい学校だと私は思うけど。校長様のシスターアグネスも素晴らしい人だし」

「うんと昔は、地域のちょっといい家のお嬢さんとか、お金持ちの娘が通っていたみたいよね。卒業生のおばあちゃまなんかは、同窓会で見るとすごく上品な方もいるにはいる。カトリックの精神にのっとった聖アンジェラの教育方針、自己を律する、奉仕と謙遜、っていうのに惹かれる人もいたんじゃない。でも、もうそういう時代じゃないのよ。学校は、学力。それに尽きるわよ。

セレブが通うような伝統ある超名門校、しかも附属校以外は、大学受験でどれだけいい結果を出せるかが学校の評価のすべてよ。アンジェラが人気ないのも当然。卒業生がろくな大学に進学してないもの」

「だったらなんで舞花を入れたの？」詰問するような口調になってしまう。

「舞花が小学校受験で国立落ちたあと、まだ三次募集していたし、その前の年から男の子入れて中学受験クラス作ったから。それにお受験したってご近所が知ってるのに、公立行かせにくいじゃない。ま、あたしは中学からだけど自分が通ったから学校の雰囲気もそれなりにわかるし。学費も私立の割に安かったのよねえ。舞花の場合、入試の成績がよかったから特待生で授業料が半額免除っていうのもあったから」

「もしかして、舞花は中学受験するの？　アンジェラの中等部に上がらないの？」

初等部に通っても、中学受験をするのは、女子校である附属の聖アンジェラ学園中等部に進学できない男子児童だけだと思っていた。

家庭科室の机に突っ伏していた舞花の姿が思い出された。

幼稚園受験、小学校受験、そして今度は中学受験を舞花は押し付けられているのか。

「当たり前でしょ。アンジェラに上がるなんて、考えられない」姉は語気強く言った。

「なんか、舞花、ずっと受験……だよね」

「中学受験するために入ってくる舞花みたいな女の子、わりといるわよ。別に特別なわけじゃないでしょ。受験クラスにいるから、受験は当たり前って本人も思ってるはず。舞花が不満を口にしたこともないわよ」

「そっか」

舞花は母親が怖くて文句も言えないのでは、と思ったが、黙っておいた。

「とにかく、一部の金持ちや育ちのいい人たちをのぞけば、日本は明らかな学歴社会なんだから」

姉は興奮気味に言うと、息をついた。

「そんな身も蓋もないことを……」

「いまの世の中、女の子だって偏差値の高い学校に行かないと、友達も恋人も、それなりの人としか出会えない。将来、舞花の人生が良いものであるために、いま頑張らせているだけよ。だいたいね、あんたみたいにアンジェラ出たっていったって留学してそのままあっちの高校残って帰国入試で慶應入る、みたいなラッキーな卒業生めったにいないもん。それでもって名の知れた会社に入って、そこの親会社のエリート社員と結婚するなんて。まさに玉の輿だよね。ほとんどの人はアンジェラ出たって人生たかが知れてるのよ。アンジェラの短大出たあたしがいい例」

いつの間にか私への呼び方が、香織、から、あんた、に変わっている。

姉は、あんたはラッキーだ、自分の人生はたかが知れている、という言葉をよく口にする。ほかにも、ろくな就職もできなかったし、大した夫と結婚できなかったのは、自分が偏差値の低い聖アンジェラ学園の出身だからだと、すべてを学校のせいにするかのような物言いをこれまで幾度も口にした。

「で、食べないの？　それ」

姉は私のパンケーキをフォークで指した。

「なんだか食欲なくて」

パンケーキを食べるような気分ではなかった。

「じゃああたしがもらってあげる」

姉はそう言って、私のパンケーキの皿を自分の前に引き寄せた。

「でもさ、平井校長様から直々に頼まれたってことは、校長様としては、佐々木副校長が広報を見つけて来る前に、自分の味方を確保しておきたいってことだね」

「それ、どういう意味？」

「平井校長様は、副校長を招いて受験クラス作ったにもかかわらず、昔同様、心の教育とか、しつけってことばっかり言っているし、お祈りさえしていればなんとかなるって感じで現実的じゃないから、副校長とぶつかることが多いみたい。学園の理事長は、やっぱり生き残りをかけて受験校にしたいけど、校風は大切にしたいっていうスタンスなのよ。だからふたりの両方を立てるんだけど、校長様と副校長の方針が食い違うことが多くてね。聖アンジェラの職員は一丸となってはいないんだよね。ふたりが揉めてばっかりだから当たり前だよね」

「副校長の教育方針は？」

「徹底的に学力重視。行事を減らして問題集をやる時間を増やしたり、応用の授業を増やしたりしたいみたい。あたしもそうしてもらったほうがいいし、保護者も副校長に賛成している人が多いよ。だから、校長様、分が悪いのよ。それで香織みたいに実力のある味方が欲しいっていうのもあるんだよ、きっと」

聖アンジェラ学園初等部では行事が盛りだくさんで、学校生活がとても楽しかったことを私も憶えている。

「実力っていってもね……」

「香織は、従来のアンジェラの教育方針で成功を収めた生き証人だから」

「おおげさだなあ」

「あとさ、やっぱり定員に満たないっていうのが、かなりやばいから、それをどうにかしたいんだよ。広報に力をいれようってことだよね。香織のキャリアが役に立つってわけ」

シスターアグネスからの手紙を読んで、私はすぐに電話をかけ、翌日には会いに行った。一年だけでもいいからと頼まれ、一応返事は保留してあるが、すっかりその気になっていた。

祐介にはまだ黙っているが、暇ならアルバイトでもしたらいいと言ってくれたぐらいだから、反対はしないのではないかと思う。出張があるわけでもないし、小学校なのでクレールの頃のように深夜まで残業ということもありえないのだから。

しかし、姉からこうして事情を聞く限り、定員に満たない学校が試行錯誤しているような状況で、自分が役に立つことができるのだろうかという不安な気持ちが頭をもたげてきた。小学校についてはクレールの頃にすこしは知識を持ったが、それでも専門家とは程遠い。

製品を売るための広報ではなく、学校の素晴らしさをアピールするための広報。もちろん、企業だってイメージを上げるための広報という側面が多々あるが、学校を売り込むというのはどんな感じなのか想像がつかない。

私はシスターアグネスの、懇願する眼差しを思い返す。

「あなたの力が必要なの」シスターアグネスは私の手を握って言った。

私にとって特別な存在であるシスターアグネスが協力してくれと言ってきているのだから、幼い頃の恩返しと思って手伝うべきではないだろうか。

「私で役に立つなら、やってみようかな」

私は自分自身に言い聞かせるように言葉を嚙み締めた。

「あ、そうなの？　それはそれでいいんじゃない。あたしもあんたみたいに優秀な妹がアンジェラで働いているっていうのも、ほかのママたちに鼻が高いわ」

姉は私を一切見ずにいかにも気持ちのこもっていない感じの早口で言った。それからパンケーキにナイフを入れながら、あ、と顔をあげた。

「でもね、『ママ』たちには、本当に気をつけたほうがいいわよ」

今度は私の目をじっと見つめて、さっきよりもゆっくりと言ったのだった。

一学期

1

改築して間もない講堂は、小学校にしては驚くほど立派だ。音響設備もオーケストラのコンサートができるほど整っているらしい。実際、クラシックのコンサート鑑賞が授業にあると姉が言っていた。

その講堂の壇上に私は座っている。

小学校の始業式のことはほとんど記憶にないが、こんなに厳粛な雰囲気だっただろうか。自分が児童側ではなく、高い位置の職員側から見下ろしているからそう感じるのだろうか。

人前に出るのは仕事柄よくあり慣れていたはずだが、揃いの制服を着た二百五十人あまりの小学生に見つめられると、意外に緊張してしまうものだ。新一年生はまだ入学していないが、二年生から六年生までがずらりと並んでいるのには圧倒される。

小さく深呼吸をして目を閉じる。児童の姿が見えなくなると、落ち着いてきた。

壇上の真ん中で話しているのは、シスターアグネス、平井校長様だ。マイク越しに聞こえる声は穏やかだが、それでいて威厳がある。

「学園の名前にもなっている聖アンジェラは、イタリアのガルダ湖のほとりで生まれました。ペストという恐ろしい病気でお父様、お母様、そしてお姉さままでも亡くし、叔父様の家で暮らすようになります。アンジェラは畑のお仕事をしながら、いつも人々のために一生懸命お祈りをしていました。そして家族の揉め事をなくそうと、間に立っていました。やがて戦争になると、貴族同士の争いまで解決し、ドイツの皇帝や、スペインの王たちからも大切にされたと言われています。生涯自分を律し、謙遜する心を持って、社会に奉仕しました。苦しんでいる人や貧しい人を助け、修道会においては教育に力を注ぎました」

そこで校長様は言葉を区切った。

「みなさんも、アンジェラみたいな人になってください。自分が正しいかいつも考え、周りの人たちを助け、いばらないでいる。そのために、聖アンジェラ学園で、勉強だけ頑張るのではなく、お掃除、委員会、クラブ活動、ボランティアなどをまじめにやりましょう。お友達と助け合いましょう。そして、常にお祈りすることを忘れないでください」

久しぶりに聞く聖アンジェラの話は新鮮だった。

校長様はさらに続ける。

「今日、わたくしは、聖アンジェラ学園の誇りでもある卒業生のお姉さまをご紹介できるのが嬉しいのです。新五年生の女子生徒はお顔を覚えているのではないでしょうか。アンジェラが修道会で活躍したように、会社で立派にお仕事をしていらっしゃいました。そんなお姉さまが聖アンジェラ学園初等部のために広報のお仕事をしてくださるのです。嬉しいですね。広報のお仕事とは、学校を周りの人びとにたくさん知ってもらうことです」

目を閉じたままぼうっとして聞いていたが、話に出てきたお姉さまとは、どうやら自分のことではないかと目を開けた。一度緩んだ緊張がまた蘇る。

「小川香織さんです。小川さん、どうぞお立ちになって」

校長様に促されるままその場で立ち上がり、頭を下げた。

「それでは、そのほかの新しい先生方、職員もご紹介しましょう」

校長様が、今年度より着任する教師や職員の名前を呼び、それから各クラスの担任を発表していく。

担任がわかると、たちまち児童たちの間にざわめきとどよめきが起きる。

コツ、コツ、コツ。

コツ、コツ、コツ。

繰り返し響いて、最後には校長様の指輪の音しか聞こえなくなる。

「さあ、心を静めるために祈りましょう」

校長様が目を閉じて手を合わせると、児童もいっせいに真似をする。

私は校長様の様子を渋い顔で睨む頭髪の薄い男がいるのに気づいた。あれは佐々木副校長だ。

時間にして三分ぐらいだろうか。祈りの時間が終わり、校長様が退くと、今度は佐々木副校長が頭に手をやりながら、マイクの前に立った。

「みなさん、学校は勉強をするところです。だから、今年度もしっかり勉強しましょう」

副校長はそこで少し間をとり、いいですか、と続ける。

「高学年のαクラスは特によく聞いておいてください。今学期は運動会があり、練習のため振替授業になることも増えますが、油断して学習がおろそかになるようなことのないようにしてください。一日の学習時間が減ることのないよう、工夫しましょう。それから、今年は参加を自分で選べる、つまり、行っても行かなくてもよい行事を増やしました。特に六年生は、自分の学習達成度をよく把握して、参加を決めてください。中学受験に向けて限られた時間を有効に、無駄のないように過ごさなければなりません。あとで後悔することのないよう、力の限りを尽くしましょう。五年生のみなさん、まだまだだと思わないでください、あっという間に受験はやってきます。四年生、三年生、二年生だって油断してはダメです。不得意なものがないように、繰り返し学習しましょう。応用に進んでいくのもいいですね。それから、なにごともはじめが肝心ですよ。新学期の最初から毎日しっかりと勉強する習慣を身につけましょう。Aクラスのみなさんも、学習の基礎はしっかりと……」

その後も延々と勉強をおろそかにするな、という話が続く。校長様の話の内容とずいぶん温度差がある。

私は佐々木副校長の横顔を数人の職員越しに眺めながら、できれば面倒なことに巻き込まれずに働きたいものだと思っていた。

2

小学校の広報といっても、おおまかに二種類の目的があった。在校生の保護者に学校の様子を知らせることと、世間一般に学校自体を認知してもらうことだ。

最初の職員会議は、土曜日の午前中に行われた。クレールで働いていたときも私の休日出勤に難色を示していた祐介のことを考えると、彼を置いて出てくることに躊躇《ためら》いがあったが、今回は全員の出席が義務付けられていたので、出席せざるを得なかった。

朝家を出るときはまだ祐介は寝ていたので、帰ってからの反応が気になって仕方ない。

会議の主題は、年間予定の確認と、五月後半に行われる運動会についてだった。中心になってすすめていたクレールでの会議と違い、端っこに座って様子を窺っているだけなので、気持ちの負担は少なかったが、慣れない雰囲気に緊張はあった。事前に姉から平井校長様と佐々木副校長が対立していると聞いていたので、空気が張り詰めているような気がしないでもない。

運動会の運営責任者である男女二人の体育教師が交代で話すのを、総勢三十人あまりの職員が聞いている。競技種目は昨年度中にほぼ決まっていたようで、時折質問が出るものの、議論になるような場面はなく、滞《とどこお》りなく進んでいく。

「なるべく通常授業に差しさわりのないようにやりましょう」

一通りの概要が説明されると、副校長が口をはさんだ。

すると校長様が、そうは言いますけれど、とやんわり返した。

「運動会は、助け合いを学び、心を育むのに、大事な機会です。おろそかにできません。志願者のお子さんや保護者の方に学校を見に来ていただく、よい機会でもありますしね」

「運動会がよかったから入学するっていうのもあるかもしれませんが、もし運動会でトラブルやハプニングがあったら、逆効果ですよ」副校長も言い返した。

「ですからきちんとしたものをお見せできるように頑張るのではないでしょうか」

校長様は穏やかな口調ながらも毅然として言った。

ふたりが半ば言い争いのように言葉を交わすのを、みんなが固唾を呑んで見守っている。

「とにかく、運動会は見学自由なのですから、多くの未就学児童に見学に来ていただきましょう。せっかく小川さんという広報の専門の方がいらしてくれたのです。ぜひ、広く運動会のことを知らしめる方法を考えてくださいね」校長様が私の方を向いて微笑んだ。

「いい方法をすぐに実行できますかね?」

副校長もこちらを向いた。眼鏡の奥の目が鋭い。

「従来のように周辺の駅にポスターを貼らせてもらうというのもありますが、メディアを使って宣伝するというのがてっとり早いですね。たとえばミニコミ誌のようなものとか、東京版の新聞とか」

私はあらかじめ考えておいたアイディアを披露した。

「メディアといってもねー。だいたい、いまからじゃメディアに載せるのも間に合わないだろう」副校長がすかさず突っ込んでくる。

「メディアに関しては、うまく利用していくべきだと思います。それから、ホームページだけでなく、SNS、具体的には、フェイスブックやツイッター、インスタグラムなどからも発信しましょう。ホームページともリンクさせて」

「君、SNSっていうが、そういう宣伝の仕方は、小学校、いや、学園としてはどうかねえ。それに、メディアにしても、お金もかかるだろう」副校長の言葉遣いが荒くなった。

「そうですね、広告という形だと、お金がかかります。取材してもらう、というか、紹介記事みたいな感じで告知してもらえるように工夫すれば大丈夫かと。テレビなどにもあたってみます。ネットもうまく利用しましょう」

私は控えめながらも、きちんと説明した。

「いやいや、そういう問題じゃないんだ。いい学校だったら宣伝しなくても志願者が集まるじゃないか。つまりね、テレビや雑誌、新聞、ネットなんかにやたら載せたら、人気がないことを自らアピールしているみたいで、かえって逆効果なんだ。余計に志願者が集まらなくなる。そこは慎重にいかないと」

副校長がいちいちつっかかってくるのは、私を校長様のシンパだと思っているからなのだろうか。不毛な対立は意味がないので、こういうのはうんざりだ。

「では、どういった方法がよろしいと思われますか?」

私はあえて笑顔を作り、副校長に訊いたのだった。

「だから、それを考えるのが君の役目でしょ」

私は呆れてしまって、なにも反論しなかった。


祐介は電子レンジからラップに包まれたご飯を出して、あつっと小さく叫んでいる。私が冷凍しておいた残りものだ。

背中を見る限りでは、怒っているのかそうでないのかはよくわからなかった。

「ごめんね、職員会議が長引いちゃって」

ダイニングテーブルからおそるおそる声をかけるが、祐介の返事はない。ご飯を器に移し替えているようだ。

「仕事を受けたときは、土曜日は休みだと思っていたんだけどね。今日の会議は臨時に開かれたみたい。まさか私まで呼び出されるとは思わなかったし。でもこれからは……」

言い訳している自分が自分でも見苦しい。

祐介が振り向いて、ご飯茶碗を、ほい、と差し出した。

「いま、チンジャオロースーあっためるから待ってて」

そう言うと冷蔵庫からラップのかかった皿を取り出して、電子レンジにいれた。私が昨日作ったものだ。祐介は料理がまったくできない。

昨晩は祐介が突然夕飯を食べられなくなったと電話があり、チンジャオロースーはそっくり残ってしまった。私も手を付けなかったため、たっぷり二人分はある。

「昼飯食ってないんでしょ」

祐介がレンジのボタンを操作しながら訊いてきた。

私は、あ、うん、と答えて箸をそろえる。

祐介と向かい合って座る。ダイニングテーブルのご飯の横に、温まったチンジャオロースーが並んでいた。

「いただきます」

声は合ったが、祐介は私からさりげなく目をそらしている。

「まあさ、一年だけだしな。仕方ないか」

祐介は、取り皿にチンジャオロースーを盛りながら呟いた。一応ふたりの間では、私は一年だけ聖アンジェラ学園を手伝うということになっているし、校長様にも、とりあえず一年やってみますと答えている。

「ありがと、祐ちゃん」私は真面目な顔を作った。

祐介は私とやっと目を合わせ、いつもの笑顔になった。ふたりの間に張られた薄い膜のようなものがようやく破れ、息苦しさから解き放たれる。

聖アンジェラ学園初等部で臨時職員として勤めることを伝えたとき、祐介は、子どもを作るのが延びてしまうことに、「なんだ、一年先かよ」とがっかりしていたが、働くことには反対しなかった。企業ではなく小学校で、しかも臨時職員というのだから、残業や出張三昧だったクレールのときのようにがむしゃらにやるわけではないだろうと安心したのだ。

私たち夫婦は特別に避妊をしているわけではないが、結婚して三年、妊娠の兆しは一度もなかった。とはいえ、不妊というよりは、多忙ですれ違いが多く、タイミングがずれているというのが大きな理由だと思っている。

実を言うと、私は仕事を中断したくなく、子どもはまだ先でいいという思いがあって、あえて排卵期に出張を入れたり、深夜まで残業をしたりした。したがって祐介は、私が会社を辞めれば子どもを作れると期待していたのだ。

「まだ明るいけどビールでも飲むか」祐介が立ち上がり、冷蔵庫を開けた。

祐介に手渡されたグラスを口にして、ビールを喉に流し込む。

「ぷはあ、おいしいねえ」豪快なげっぷが出た。

「香織さあ、乾杯しようと思っていたのに先に飲んじゃって」

祐介がグラスを差し出したので、ごめん、ごめん、とビールが半分残った自分のグラスを祐介のグラスと軽く合わせた。それから、チンジャオロースーをつまみにビールを飲む。

「ふたりで飲むビールはうまいよなあ」

しみじみと言った祐介は、だからさ、と続ける。

「いつも一緒にビールを飲めるように、くれぐれも家庭をおろそかにしないでくれよ」

「うん、わかってる」

「で、会議って、なんで香織も行ったの？」

「うん、運動会のこととか含めて、学校をどう宣伝していくかっていう話もあって」

「そういや、俺の小学校は公立だから関係ないけど、中学とか高校、宣伝なんかしてなかったよな。よく駅とか電車の中に学校の広告があるけど、そういうのもいっさいなかったな。学校の一番の宣伝って、小学校ならどこの中学に何人入ったとか、高校なら、東大や難関私立、医大にどれだけ進学したかってことだろうな」

祐介の出身校は中高一貫の名門進学校で、中学受験の倍率もかなりある難関校でもある。祐介の言葉どおりなら、副校長が「いい学校だったら宣伝しなくても志願者が集まる」と言っていたのは、正しいのかもしれない。

「やっぱりそうだよね。それでも、少しでも戦略的に動こうって思って、チラシみたいなものを作ってターゲットになる子どもの親の目に留まる、小学校受験の教室に配ることを提案したの」

「ふうん、なるほどねえ」と言いながら、祐介はグラスを口に持っていった。質問してきたものの、興味がないのか、それ以上何も言わない。

私は黙ってビールの残りを飲み干した。グラスが空いたのを見て、祐介が立ち上がり、冷蔵庫から新たな缶ビールを取り出す。

「それよりさあ……」

祐介は私のグラスにビールを注ぎ、次に自分のグラスにも注ぎ足した。

「同期の山口って憶えてる?」

「あ、うん……結婚式のときにスピーチしてくれた……」

「あいつ、子どもできたと思ったら、双子だって。賑やかでいいよなあ」

「大変そうだね」

「ずっと欲しかったから、一気に二人で、奥さんも喜んでんだって。社内結婚だったけど、奥さんは退職してから暇だったから、子育てにも、やる気まんまんだって。山口の奥さん、優秀だったから、いい母親になるんじゃないかな」

「そうなんだ」私はなんだかもやもやとした気持ちになっていく。

「香織もきっとすごくいい母親になるよな。子どもにも、慣れてるしさ」

祐介は、ひとりでうん、うん、と頷くと、私に満面の笑みを向けた。私は、無理に口角を上げて、微笑み返したのだった。

3

運動会の告知を任されたものの、どんな文言にするか、かなり手こずっていた。

まず、聖アンジェラ学園初等部という小学校の概要を知ってもらう。

そして、運動会を紹介し、足を運んでもらうようにする。

最初の、学校概要をどうまとめるか。これは、新しいパンフレット作りにもつながってくる。

一時間目があと十分もすれば終わるという頃に、佐々木副校長が毛の薄い頭のてっぺんをかきながら、私の席にやってきた。

「運動会の件だけど、なにか、いいアイディア、思いついた？」

なにやら妙に顔を近づけてくる。

至近距離で見ると、案外と肌に艶があり、見た目より若そうだ。五十代そこそこぐらいなのかもしれない。いや、もしかして四十代なのか。

しかし、鼻の頭に浮かぶ皮脂がおやじっぽくて、どうにも不快でしょうがない。

「そうですね、たとえば……」

視線を副校長の手元に落とすと、持っているボールペンに商店街のドラッグストアの店名があるのが目に入り、ひらめいた。

「ノベルティ、つまりお土産とかどうですか？　来てくれた未就学児たちが徒競走に参加できる時間を設けて、走った子全員にご褒美のプレゼントをあげるとか」

言いながら、自分の顔を少しずつ後ろにずらして副校長から距離をとる。

「そうか、お土産か！　いいかもしれないねえ」

副校長は頭頂から離した手を眼鏡のつるに持っていき、それをいじりながら口元だけで薄く笑った。

どうしても好きになれない風貌だ。落ち着きなく常に手がどこかを触ったりいじったりしているのも気になる。

「で、なにをあげるの？」

「これから、いろいろ考えてみますね」

私はさらに副校長から離れようと、椅子のキャスターを後方に動かした。

「よろしく頼むよ」

副校長は念を押すように顔を近づけると、私の前に座っているスクールカウンセラーの古橋《ふるはし》さんをちらっと見て去って行った。

古橋さんは気づかないのか、下を向いたままでいる。気づいているけれど、知らんぷりを決め込んでいるのかもしれない。誰だってあの副校長は苦手だろうから。

古橋さんは私と同様、臨時職員なので、職員室の端の方に席がある。彼女は週に三回、月水金だけ学校に来る。たぶん私より少し年上で、静かな佇まいの落ち着いた女性だ。さりげなく見た左手の薬指にリングはないので、独身かもしれない。

副校長のせいで自分の周りの空気がよどんだ気がしたので、立ち上がって窓を開け、外の空気を吸った。校庭では一年生が運動会で披露するダンスの練習をしている。

あの子たちはまだ入学して一週間だ。ついこの間まで幼稚園や保育園に通っていた子どもたちがきちんと整列しているのを見ると、感心してしまう。

私が生徒の頃は秋に行われていた運動会は、αクラス創設を機に春に開催されるようになった。いずれ二月に中学受験を迎えるαクラスの児童たちに配慮してのことらしい。

それだけでなく、入学したての一年生を学園に馴染ませるのにも、運動会の練習は効果があるそうだ。一緒になにかをすることで連帯感も生まれ、達成感も得られる。なにより、先生の言うことを聞く、指示行動の訓練には最適で、忍耐力もつくということだ。

半分の児童が体育座りをして、踊っている児童を見守っている。校庭が狭いので全員が一斉に練習できないのだ。私の記憶では、建て替える前の校庭はもっと広かった。多目的教室を増やしたので、その分校庭が狭くなったのだ。

さらに世田谷区《せたがや》の保存樹になっている桜の大木を残したため、面積のわりに手狭となってしまったらしい。トラック一周を取れるわけでもなく、遊具もほとんどない。あるのは、申し訳程度の鉄棒とうんていぐらいだ。休み時間も全員が校庭に出られるわけではなく、曜日によって遊べるクラスが決まっていた。

毎日思い切り外を走り回ることができないなんて、活発な男の子にとっては窮屈な学校生活だろうと思う。

世田谷区等々力《とどろき》にある聖アンジェラ学園初等部の高学年男子は、運動不足と放課後の長時間に及ぶ塾通いによる不規則な食生活のため、ふっくらとした子が多い。さらに外遊びもほとんどせず肌も白い子が目立つため、界隈《かいわい》では「等々力の白豚」と呼ばれているそうだ。

あらためて校庭を見回してみる。

いま必死に先生の動きを真似ている細っこい男子児童も、民家の庭に毛が生えた程度の広さの、土でなくゴムのような人工的な素材でできた校庭でこれからしばらく過ごすのだ。そして、六年間をひたすら勉強に打ち込み、脂肪を不自然に増やしていくのだろうか。そう思うと、なんだかいたたまれない気持ちにもなってくる。

もちろん運動会はこんな狭い校庭で開催できるはずもなく、川崎市麻生区《あさお》にある系列の順徳大学のグラウンドを借りて行うことになっている。広々としていて気持ちのいいところだそうだが、見学者にとっては、遠すぎやしないだろうか。川崎市麻生区まで来てもらうには、よほど興味を引くような運動会、および学校宣伝の資料を作らなければまずいだろう。

これはますます魅力的なお土産を考えなければ。

まずは、昨年の運動会の様子を見てみようと思い、自分の席に戻って学園のホームページから過去記事をたどった。

どこの小学校のホームページでも見られるような、引いたショットのありきたりの画像と、特にどうということもない説明調の文章ばかりだった。

この仕事に就くにあたって、私はいろんな私立小学校のホームページを検索してみたが、そのなかでもかなり平凡な部類だ。それは運動会の記事に限らず、どの記事も退屈でつまらなく、あまりにもお粗末なものだった。

この、いかにも片手間に作られていたホームページを変えようと、四月になってからのホームページは、私が更新している。

対外向けには、先生方や、学校が雇ったカメラマンの撮った写真を使用し、入学式や始業式の様子を記事にした。写真などの画像は、個人情報保護法に配慮して児童の顔が特定できないものを選んだ。聖アンジェラの逸話も載せ、学校概要も掲載した。等々力駅近辺の清掃を生徒がボランティアでやっており、地域への貢献もしていることを記した。それらのうち、一部の情報はSNS、具体的にはフェイスブックページやツイッター、インスタグラムにもあげていた。

学園の保護者向けのホームページには、新学期らしく、各クラスの担任の紹介を載せた。年度初めの行事である健康診断の様子は自ら写真に収め、「やったー！　こんなに背が伸びました」とタイトルをつけて、各学年の生徒をピックアップし、成長グラフを載せた。新学期の初日に行った災害時に備えた引き取り訓練に関連しては、震災のシミュレーションを作ってみた。

ホームページは対外向け、保護者向けともにアクセス数も伸びている。もともと外注して作ったホームページなので、ソフト自体はよくできていた。明らかに内容がいまひとつだったのだ。SNSは、在校生や保護者、卒業生と思われるフォロワーも多いが、順調にフォロワー数が増えている。

私は、ほんの少しでも反響が出ていることに気を良くし、先週金曜日にあった保護者懇談会の記事を書き始めた。

あの日のことが頭の中で蘇る。

懇談会終了後、私に話しかけてきた母親がいた。四年生の保護者だという彼女は、ほかの母親たちより少し年配に見える。

「新しく入った広報の方ですよね？　アンジェラ出て慶應行ったって聞いたんですけど、珍しいですよね。すごいですよね。学部どこですか？」

「は？　学部ですか？」

ぶしつけになんだろうと思ったが、大人の対応を心掛けた。周りにいた母親も、興味津々といった顔でこちらを見ている。

私は愛想笑いを浮かべて「総合政策学部です」と答える。

「ＳＦＣですかー。三田《みた》キャンパスじゃないんですね。うちの長男は今年塾高から法学部に上がったので、先輩かと思って」

彼女は息子が附属の慶應義塾高校から上がったということを言いたいらしい。慶應は、卒業生、在校生、保護者の間ではどこから入ったかということで序列が決められがちだ。より下から、幼い時分から慶應生であることが望ましい。親きょうだい含め代々出身であればなおさら格が上がる。たとえば、私のように帰国子女入試で大学からというのは、傍流に見られてしまったりする。

「すごーい。勇気《ゆうき》君のおにいちゃま、慶應なんですね。下からですか？　中等部？　普通部？　やっぱり神林《かんばやし》家は優秀ですねー」

すぐ横にいた母親が見るからに媚びへつらっている。

「中学からではないけど」

「え、もしかして、幼稚舎？　すっごーい」また違う母親が加わる。

「塾高からよ。長男は、中学で一番だったから。でも、勇気は、慶應もいいけど、東大行くのも悪くないかなって」

「優秀でいらっしゃるのですね」

私は話を打ち切りたくて、適当に社交辞令を言って、では失礼しますとその場を去った。

こうしたマウンティングにはよく遭う。まわりにも、慶應に特別な感情を抱いている人が多い。「慶應」がときには、「東大」よりも価値があるような感覚を持つこともあるようだ。学力以外の要素、育ちの良さが加味されるのだろう。

もちろん、そんな自意識を持たない同窓生もいるし、実際、私の大学時代の友達は自然体な人が多かった。大学生活は充実していたし、私は自分の大学も同窓生も大好きだ。けれど、こうやって本人だけではなく親、ときには親類までもが慶應アイデンティティをふりかざす場合もあるから厄介だと思うときもある。

母校を愛する気持ちは理解するし、私だって愛校心はある。ただそれは人にひけらかすようなことではないような気がするのだ。

慶應に限らず、経歴に箔がつくような名前の学校を出た人のプライドが高く、ひけらかす傾向が顕著なのは、世間がそれだけ学歴や名門校出身であることに価値を置いているからだ。そして現実にそういう人たちがエリートと呼ばれ、格差社会の上位にいる。だから、名門校や難関校への仲間入りを果たすため、親は小学校受験や中学受験に必死になる。実の姉の逸美がいい例だ。

そんなことを考えながら、保護者懇談会の記事を書きあげてホームページにアップし、次に運動会のPRについて考えをめぐらせる。

なかなか進まず、マウスをスクロールしながら、自然となり声が出る。

チャイムが鳴ったので気分を入れ替えようと席を立ち、お茶を淹《い》れに行った。

ほうじ茶の入ったマグカップを持って席に戻り、少しの間休憩していると、二時間目が始まった。窓の外から歌声が聞こえ、懐かしさに耳を澄ました。

お祈りしましょう、家族を想って。

お祈りしましょう、友達のため。

世界の平和に尽くしましょう。

美しい心を持って、いつもつつしみ深く、清く正しく、生きるのです。

聖アンジェラのお姉さま、わたくしたちをお守りください。

イエズス様の広い愛、マリア様の慈しみ。

聖アンジェラのお姉さま、わたくしたちをお導きください。

お祈りしましょう、家族を想って。

お祈りしましょう、友達のため。

世界の平和に尽くしましょう。


校歌とは別の、この愛校歌で、六年生が毎年運動会でダンスを踊るのが、聖アンジェラ学園初等部の伝統になっていた。

いまもそれが受け継がれていることが嬉しくて、こわばっていた頬の筋肉が緩んでくる。

視線を窓の外にやると、手にポンポンを持った男女の児童たちが踊っていた。女の子はピンク、男の子は青だ。

女の子はどちらかというと積極的な姿勢で踊っている。一方、男の子は、いやいやながら、あるいは、投げやりに、といった様子で体育の先生の指示に従っていた。踊りの振り付けは、私が踊ったときとまったく同じだ。ポンポンを振りながら、輪になって左右、上下に身体を揺らしたり、真ん中に集まったりを繰り返す。両手を合わせる祈りのポーズも頻繁に織り込まれている。私の頃は女の子しかいなかったけれど、いまは男の子も一緒にこの愛校歌で伝統のダンスを踊るのか。

来年は中学生になる体軀のいい男の子たちが、等々力の白豚といわれるほどむちむちとした身体をぎこちなく動かしている姿は、滑稽だといっても過言ではない。要するに、無理があるのだ。痩せている子もいるが、それはそれで痛々しい。

違和感を持ちつつもしばらく校庭を眺め、愛校歌を繰り返し耳にしていると、しだいに幸せな心持ちになってきた。聖アンジェラ学園が好きだ、大切な母校だ、という気持ちがじわじわと湧いてくる。

「『聖アンジェラのお姉さま』ですね」

向かいの席の古橋さんが話しかけてきたので、私は彼女の方に向き直った。

「聖アンジェラのお姉さま！　そうそう、愛校歌、そういうタイトルでした。私も六年生の運動会ではこの歌で踊ったから、つい見入ってしまいました。この歌を聞いていると、私の愛校心が呼び起こされてきます。私にも強い愛校心があったんだなって意外です」

出身大学のアイデンティティを持つことには抵抗があるのに、聖アンジェラ学園を愛おしく思っていることに、自分が矛盾を感じないことが不思議だ。

「愛校心があるのは、きっと小川さんがこの学園で過ごされた時間に、よい思い出が多いからですよ」

古橋さんは続いて「お仕事は順調ですか？」と訊いてきた。

「実は難航しています」

私は素直に答えた。古橋さんの声のトーンは包み込むような響きで心地よく、なんでも正直に言ってしまいたくなる。

「きっと大丈夫ですよ。小川さんは実力がおありだから」

たとえお世辞だとしても、古橋さんの言葉にはとても勇気づけられる。さらに、話を聞いてもらいたくなった。

「運動会のお土産を考えています。未就学児の徒競走を設けて、出てくれた子になにかあげたいんですけど、いいアイディアが浮かばなくて。えっと、在校生には運動会終了後、全員に記念のメダルが渡されるんですよね？」

「そうです」と答えた古橋さんの首元に視線が止まる。

いままでどうして気が付かなかったのだろう。古橋さんが首にかけているのは、十円玉コイン大の楕円形の金属にマリア様が彫られているペンダントのようなものだった。それは、私にも見覚えがある。

おメダイだ。

カトリック信者にとっては祈りの道具でもあり、お守りとして身に着けている人が多いものだ。フランスには、奇跡のメダイという有名なおメダイもある。メダイはフランス語のメダイユが由来で、直訳するとメダル、という意味だったはずだ。

「あの、それって、おメダイですよね?」私は席を立って、身を乗り出した。

古橋さんはおメダイに手を添えて、ええ、とかすかに微笑む。

「もしかして、おメダイをなさっているってことは、カトリックの信者さんなんですか?」

「いえ、そういうわけではないのですが、平井校長様にいただいたのです。私、初等部だけですけど、ここの卒業生なんです。小川さんより少し上ですが」

「そうなんですか! 同窓生で嬉しいです。私もおメダイをシスターアグネス、じゃなかった、平井校長様にいただいたことがあります。高校二年で留学する前に挨拶に行ったら、校長様がおメダイをくださったんです。これを身に着けてお祈りしたら勇気が出るからって。マリア様が、神様が、いつもそばにいてくださるからって」

興奮したせいか、声が大きくなってしまう。

「私もこのおメダイで勇気をいただいています」古橋さんが穏やかな声で言った。

「そうなんですか! このおメダイ、御利益ありますよね。私、大学入試のときも、就活のときもおメダイをネックレスにしてつけていたんですよ」

そこまで言って突然思いついた。

このおメダイを運動会で競技に参加してくれた未就学児に配ったらどうだろうか。リボンかなにかをつけて小さなメダルみたいな感じにしたら素敵だ。おメダイ自体もその後のお守りにもなる。おメダイはそこらですぐに手に入るものではないから、価値もある。校長様に相談して、おメダイをどうにか一定数入手できるようにしてもらおう。

「古橋さん！　私、いま、すごくいいアイディアを思いつきました！　大急ぎで校長様のところに行ってきます」

私は古橋さんに頭を下げてから席を離れ、走り出さんばかりの勢いで校長室に向かった。

4

「香織、深く関わらないって言ってたわりには、すごいリキ入っててんじゃん？」

祐介がベッドの中から声をかけてきて、脇腹をつつく。私が身をよじると、さらに手を伸ばし、ブラジャーのホックをはずそうとした。

私はベッドに腰掛けて縫い物に集中していたので、つい祐介の手をじゃけんに振り払ってしまった。

「なんだよぅ」祐介がすねた声を出して抱きついてくる。

「あ、もう少しだから。ね、ごめん」

まるで幼児に言い聞かせるような調子で、祐介の腕をぽんぽんと叩く。

「わかったよ、はい、はい」

祐介は私から身体を離すと、布団の中に潜り込んでしまった。

祐介と出会ったのは、クレールの社販だった。あれはもう五年前になるだろうか。搬入を手伝っていた祐介をてっきりアルバイトだと思い込んでいた。要領が悪くて使えないので苛立って、ついきつく叱った。そのとき祐介が涙ぐんで、私はうろたえてしまった。

ほかの社員から聞いて祐介が丸前物産の新入社員で、しかも東大の大学院卒だと知りえらく驚き、社販後、私から失礼を詫びた。

「あんなに叱ってもらったことってないから、逆に嬉しかったです」

祐介は屈託のない笑顔で、ありがとうございます、と頭を下げた。

「叱ってくれたお礼に食事をおごりたいんですが、時間ありますか?」

私は祐介のあまりの無邪気さに驚き、物珍しさから食事の誘いを承諾してしまった。それから交際が始まった。それまで付き合っていた男が居丈高な性格だった反動もあったのかもしれない。

祐介の母親は、三つ年上の私がひとり息子の結婚相手だということに難色を示した。しかし彼の父親は「祐介にはしっかりした奥さんがいい」と賛成してくれた。一方、私の両親は大賛成だった。多少のすったもんだはあったが、私たちはなんとか無事夫婦になることができた。

布団をかぶる祐介が動かなくなったのを確かめて、ふう、と息を吐く。

私はなにをしているのだろう。祐介よりもまた仕事を優先してしまっている。なんのために、クレールを辞めたのか。

期間限定の臨時職員なのでクレールのときのようにがむしゃらになるつもりはなかったが、やはり仕事を始めてみたら一生懸命にもなるし、一定の評価や反応、成果が欲しいと思う。ましてや母校を宣伝するとなれば眠っていた愛校心も揺り起こされる。

仕事への意欲は高まるばかりだった。自分は働くことそのものが大好きなのだとあらためて気づく。

私は頭を左右に振った。

とにかくいまは時間がない。余計なことは考えずに、チクチクと針を動かす単純作業に没頭しよう。

校長様はおメダイのお土産に大賛成したが、副校長は現物を見てみなければと注文をつけてきた。だからおメダイと赤いリボンを縫い付けたサンプルを明日までに作らなければならないのだ。

5

運動会を告知するチラシもできあがり、冒頭の文言も決まった。

「神様に守られて。生き生きと学ぶ聖アンジェラの子どもたち！」

聖アンジェラ学園はカトリックの精神に基づいた心の教育と中学受験に向けた高度な学習内容を併せ持っていることを概要に示し、運動会に参加してくれたら、メダルをプレゼントすると強調した。おメダイをリボンに縫い付けて作ったメダルの画像も添えた。果たして運動会見学へ誘うのに景品のようなお土産が効果的かどうかはわからないが、私はとにかく手探りだったので、おメダイにかけることにした。

さらには、クレールの頃に、私の取り組んだ「めばえスクール」の取材をしてくれて、ニュース番組にとりあげてくれたテレビ毎朝の番組制作ディレクターの角谷《かくたに》に、だめもとで声をかけたら、感触がよかった。中学受験を推奨する私立の小学校について番組で取り上げたいとかねてから考えていたそうだ。角谷が運動会を見に来てくれることが決まり、この知らせは、職員みんなが喜んでくれた。

私は意気揚々と、小学校受験のための教室にチラシを配布することに着手した。小学校受験をした、あるいはまっ最中の友人に連絡をとり、姉にも尋ねて、さまざまな教室を教えてもらった。

小学校受験の教室には主に二つのタイプがあった。大手や中堅の業者がやっている教室と、個人の先生が営む教室だ。

教室と一口に言っても知育の学習をする教室だけでなく、体操教室や絵画教室もあり、なかには、特定の超名門校に強い、つまり多く合格させている、というようなところもあるそうだ。たいていの個人の教室は宣伝をいっさいしておらず、紹介者がいないと入れないところがほとんどらしい。一方大手や中堅の教室はほぼ誰でも通えるという。

私は、大手、中堅、個人を問わず片っ端から教室に電話をかけたが、聖アンジェラ学園ごときははなから相手にしていないのか、丁重に断られることもあった。それでも、いくつかの教室とアポイントをとることができた。

今日は最初の訪問先の、目黒《めぐろ》にある個人の先生による少人数の教室を訪ねた。そこには海斗が現在通っている。事前に姉が私のことを言っておいてくれていたので、話がスムーズだった。

名称は特になく、通称「藤森《ふじもり》先生」あるいは「藤森」「藤森教室」と呼ばれている。教室は、JR目黒駅から恵比寿《えびす》方面に目黒三田通りを七分ほど歩いて小道を入ったところの、築年数の古いマンションの二階にあった。藤森先生が教室を開いてから三十年以上経ち、いまでも一部の授業を藤森先生自らが現役で教えているそうだ。親子二代で世話になる人もいるという。

私は玄関すぐ横の五畳程度の部屋に通された。奥の部屋でちょうど授業がなされているらしく、ときおり先生と子どもの声が聞こえてくる。海斗もいるのかと思うと、どんな授業なのか気になったが、声だけでは内容が推し量れなかった。ちなみに姉によると、みんな授業のことは「お稽古」と言っているそうだ。

藤森先生と細長い机ごしに向かい合って座る。藤森先生は、七十を過ぎているとは思えないほど若々しい女性だ。一筋の乱れもない銀髪を結い上げ、赤いフレームの眼鏡をかけている。姿勢はよく、凛とした雰囲気で、幼稚園児相手の教室の室長先生というよりは、大学教授か何かに見える。

私は持参したチラシとおメダイのメダルのサンプルを見せて、それらを掲示してもらえるよう、あるいは、保護者にチラシのコピーを配ってもらえるように頼んだ。さらには学校説明会の案内と学校案内も持ってきた旨を話し、目のつくところに置いてもらえるようにお願いした。

「海斗君のおばさまの頼みですものね。運動会のチラシも、学校説明会の案内も、両方掲示するのになんの問題もないですよ」

表情を和らげて微笑んでくれたが、目は笑っていなかった。

「ありがとうございます」私は深く頭を下げた。

「実はですね……こちらからもお話がございますけれども」

藤森先生は語尾をあげ気味に、私の反応を窺うような口ぶりになる。

「なんでしょうか」

にこやかに訊き返したが、話の見当はまったくつかない。

「うちのお教室の生徒さんにね、私から聖アンジェラ学園をおすすめしますのでね」

「それはありがとうございます」

「ですからね、そのね……推薦というか……だから、御校からは……確実な『枠』をこちらにいただけないかと思いましてね。ずいぶんお困りのようですから……お助けできると思いますのよ。ただし、合格確定を出していただけるなら、ですけれどね」

「え」

いきなりの提案に戸惑ってしまう。しかも、私の手には負えない話だ。

「そういうお話は私にではなくて……」

藤森先生は、「いえね」とさらに言った。

「はっきり申し上げて、うちのお教室からは聖アンジェラ学園を第一志望校として受けるお子さんはいないと思います。第二志望でも、あまり、ね。だから、最後の滑り止めというか、そういった感じで、確実な『枠』としてね。あるいは、運がなくて全部落ちてしまった子に、聖アンジェラ学園を無条件でご紹介っていうのもありますわね。優秀なお子さんをご紹介できると思うんです。聖アンジェラ学園としても、優秀な子が取れるチャンスですよ。中学受験に力も入れてらっしゃるようですし、御校にとっては悪いお話ではないでしょう。うちに来ているお子さんはご家庭のしっかりした方も多いですしね」

「すみません、私は広報の仕事をしているだけで、権限がないので」

「あら、そう」藤森先生は冷たく言い放った。

しばらく沈黙が流れる。

「あの、では、そろそろ失礼します」椅子から腰を浮かせた。

「そうですか、ご苦労さま。校長先生に先ほどのお話もお伝えくださいね」

藤森先生が軽く会釈したので、私も返したが、校長様に伝えるつもりは毛頭ない。

「そうだ、海斗君のお稽古の様子、少し見ていらしたら」

「見学できるんですか？」

「教室にはお入りになれないんですけど、廊下からちょっとご覧になれますよ」

藤森先生に挨拶をして部屋を出て、教室の扉に近づく。一部がマジックミラーの小窓になっており、そこから中の様子が覗けた。

五人の子どもがいて、海斗は衝立《ついたて》で仕切られた机に座って問題を解いている。真剣な表情がまだあどけなく、目を細めて見守った。

「今日はテストの日なんです。海斗君、ペーパーがよくできますよ。優秀ですね」

背後から聞こえた声に振り返ると、藤森先生が私の持参したチラシを玄関にある掲示板に画鋲で留めているところだった。サンプルとして持ってきたメダルも一緒に掲示してくれている。靴箱の上のスペースには学校案内のパンフレットも平積みにしてくれた。

「ありがとうございます」

ふたたび会釈して、教室を辞した。なんとなくそのまま海斗の様子を見て留まっているのが気まずい雰囲気だった。

階段を下りてマンションの外に出ると、十代の子の着るような服を着たずいぶんと若作りな三十前後の母親が五歳ぐらいの女の子の手を引いて通り過ぎていった。女の子はとてもおしゃれで雑誌のモデルでもできそうな、逆にませた感じのファッションをしている。しかし、うつむいていて、顔色が冴えない。歩き方も遅くて、母親に引っ張られているような感じだ。

そうだ、この通りは「親バカ通り」と呼ばれているのだった。

幅四メートル、長さわずか十メートルにも満たない道に著名な児童劇団といま私が訪ねた、知る人ぞ知る小学校受験の名門教室がある。姉から聞いたところによると、人前で臆面もなく子どもを叱りつける母親を頻繁に見て、近所の人がこの通りを「親バカ通り」と名付けたそうだ。

それでも当事者の母親たちは、自分たちを「親バカ」とは思っていないのかもしれない。この道が「親バカ通り」と言われていることを教えてくれたときの姉の言葉が蘇る。

「でもね、親バカっていうけど、きっとそれは妬みだと思うの。劇団はまだしも、あのお教室はね、選ばれた子しか入れないから。ご両親が名門校出身やエリート職だったり、お兄ちゃまやお姉ちゃまが有名校に通ってたりしてる子ばっかりなの。海斗は特別に入れてもらえたのよ。何度も藤森先生にアプローチして、やっと入室テストを受けさせてもらえたの。あたしの粘り勝ち。それにね、海斗が入室テストで優秀だったから」

子どもを劇団に通わせるステージママや行き過ぎたお受験ママなんて、まわりからは等しく「親バカ」に見えるのだろう。近頃は母親だけでなく、目の血走った父親も少なくないらしい。姿が小さくなっていく親子を目で追いながら、あの子も母親になにかきつく言われて落ち込んでいるのだろうかと想像し、胸がちくりと痛んだ。

私は視線を親子から外し、時間がつぶせる適当なところはないかと探した。

姉に、自分の代わりに海斗をピックアップして連れ帰るように頼まれたのだ。今日はテストの日で、「講評」がないので、誰が迎えに行っても大丈夫だということだった。「講評」とは、「お稽古」のあとにその日学んだ内容と子どもの様子を説明することらしい。姉は私が代わってくれれば舞花の学習塾の先生に面談を申し込めると言った。私は快く姉の依頼を請け、聖アンジェラ学園には戻らないことにした。だから海斗が終わるまで待たなければならない。いまからテストが終わるまで三十分以上ある。

通りの先にカフェを見つけた。十人も入ればいっぱいになる、こぢんまりとした店だが、幸い空席があった。

コーヒーを飲みつつスマートフォンをいじっていると、海斗君、という単語が耳に飛び込んできた。

その声の主は、私の対角線に位置する席を陣取っている、三十代から四十代ぐらいの華やかな女性三人のうちのひとりだった。彼女らは藤森先生のところの母親連中だろう。おそらく私と同様、教室が終わるまでお茶を飲んで時間をつぶしているのだ。

声が大きいので、狭いカフェじゅうに話が筒抜けだった。私はスマートフォンの画面に見入ったふりをしながら注意深く耳を傾けた。

「海斗君の出来がいいのは、隣の子のカンニングをしているからじゃない？」いかにも馬鹿にした口調だ。

いったい何を言い出すのかと、私は顔をあげた。

「あ、私もそうかもって思ってた」聞き役だった女性が調子を合わせている。

「海斗君んとこ、どこの学校にも、縁故がないみたいじゃない。お母様が確か聖アンジェラ学園出身らしいけど、それって人に言って恥ずかしくないのかしらねえ」

明らかに見下している。

「なんでも、海斗君のおばさまはアンジェラから慶應でいらっしゃるって自慢されてたけど、それってただのまぐれよね。というか、いくらアンジェラだって、たまにはそういう人もいるわよねー。それに、その人の旦那さんが東大の院卒だそうだけど、そんな遠い関係の人の自慢って、痛いだけよね」今度はくすくすと笑い出す。

姉は、私には帰国子女枠で慶應に入ったことをけなしていたのに、ここで見栄を張っていたとは……。さらには祐介のことまでも……。

胸になにかが詰まっていくような気がしてくる。

「しょせん、海斗君が藤森に通ったって、きっとろくな学校に入れないわよねえ。伝統的な名門小学校はたとえペーパーがよくたって、それだけじゃ入れないものねえ。親の経歴が大事なの、わかってなくて、お気の毒……」

「本当に」もうひとりの女性も同調している。

身体の奥から怒りが湧き上がってきたが、どうにかそれを抑えた。代わりに、コーヒーを一気に飲むと、熱くて口の中がひりひりした。

中心になってまくし立てている女性を細かく観察してみると、彼女は化粧も念入りで、とても垢抜けていた。座っている席の横にはこれみよがしに超高級ブランドバッグ、エルメスのバーキンが置いてある。

話の内容からすると、彼女自身が幼稚園から超有名なお嬢さん学校の出身らしく、夫も小学校から誰もが羨む一流大学の附属校のようだ。あとのふたりが無難に相槌を打ったり、やや遠慮がちに質問していたりする様子からして、それほど親しいわけでもなさそうだ。お茶を飲みながら、互いを探り合っているという印象を受けた。

私は店を出て目黒駅に向かった。こんな人たちに交じっていたら、姉が卑屈になるのも無理もなかろうと理解できるような気さえしてくる。

アトレのケーキショップで舞花と海斗にいちごのショートケーキを買った。姉には好物のモンブラン、自分には濃厚なチョコレートケーキを選ぶ。頭に血が上ったせいか、猛烈に甘いものが食べたかったのだ。

時間ちょうどに教室の出口に迎えに行くと、海斗が私の姿を見つけて抱きついてきた。

「かおちゃん！　なんでいるの？」舌ったらずの甘えた言い方に目尻が下がる。

「びっくりした？　海斗に会いたくなって来ちゃったよ」

どうやら姉は、私が迎えに来て自分が来ないことを海斗に伝えていなかったようだ。海斗は不安げな顔で辺りをきょろきょろと見回している。

「お母様は？」

ついこの間まで、ママ、ママ、と言っていた海斗が、姉を「お母様」と呼んでいることが健気《けなげ》で切なくなった。舞花が小学校受験の準備をしていたときも、突然「ママ」から「お母様」と呼び方が変わったことを思い出す。

私はケーキの箱とバッグをその場に置いて、海斗を抱き上げた。平均より小柄だとはいえ、五歳児の男の子は予想外に重く、腰にずしんと来た。もうこんなに大きくなってしまったのかとちょっぴり寂しくもなる。

「ママはお姉ちゃんの塾に行かなくちゃいけなくなったみたいよ。かおちゃんと帰ろう」

あえてママと言って、海斗に頬ずりをした。柔らかくて、温かい。

「ふうん、お母様いないのか」海斗が一瞬がっかりしたような表情になった。

やはり母親には勝てないようだ。私は海斗を地面に下ろし、ケーキの箱を目の前に差し出す。

「海斗の好きないちごケーキ買ったよ」

海斗が途端に笑顔になる。

そのとき、私と海斗の様子を先ほどのエルメスの女性が不躾《ぶしつけ》な眼差しで見ていることに気づいた。小生意気そうな女の子が「ママ、早く車乗ろうよ」とブラウスの袖を引っ張っている。

私は彼女の視線を振り切るように、海斗の手をとった。

「さ、早く帰って、ママや舞花たちとケーキ食べようね」

海斗は「うん」と大きな声で答えて、私の手を小さな手で強く握り返してきた。

6

私は、藤森教室以外の小学校受験の教室も訪ね、運動会のチラシとメダルのサンプル、学校説明会の案内を持っていった。

大手の教室は、事務的に受け取り、「掲示板に貼っておきますね」とか、「目につくところにおいておきますね」と作り笑顔で言ってくれるだけだった。その対応に、聖アンジェラ学園に対する評価を嫌というほど感じた。それでも、めげずに足を運び、体操教室や絵画教室も含め、全部で二十ヶ所近くの教室をまわった。子どものティッシュケースやハンカチ入れ、お稽古バッグ、親のスリッパ、傘入れなどのお受験グッズを扱う店や、オーダーメイドのお受験用洋服店なども訪ねた。

学校説明会に間に合うように、新しい学校案内のパンフレットも制作した。クレールのときに付き合いのあったデザイナーに頼んだ。表紙をステンドグラスの画像にして厳かなイメージを作るとともに、児童たちの成績推移表をつけ、ひとりの児童の成長日記も掲載し、読み物としても興味を引くようなものにした。ボランティア活動として、子どもたちが等々力駅前の清掃に励む画像も入れた。

「素晴らしいですね」校長様は新しい学校案内のパンフレットの校正刷りをとても気に入ってくれた。

「悪くないね」副校長もまんざらでもない表情だった。

学校説明会の告知もわりあい順調だった。SNSは拡散していて、問い合わせも多い。

さらに、テレビ毎朝の角谷が、中学受験を目指す私立小学校を特集する企画を正式に出すことになったと連絡してきた。これらを報告すると、校長様がさらに喜んでくれた。

おメダイをリボンに縫い付けた、お土産用のメダルは女性職員で手分けして作った。こちらも職員の間で「なかなかいいんじゃないか」「自分も欲しい」などと好評だった。

運動会が近づくにつれ、生徒たちの日々の練習にも熱が入ってきている。各学年のダンスもだいぶ上達したようだ。

「本当に見学者は集まるかね」

運動会一週間前に佐々木副校長が尋ねてきた。

「大丈夫です」

強気で答えたが、内心は不安が募っていた。家に戻って料理をしていても、運動会のことが心配で、うっかり肉じゃがを煮込みすぎて焦がしてしまう。

「なんだよ、これ、いまいちだなあ。しっかり頼むよ」

祐介に文句を言われて、いつになく腹が立った。

「じゃあ食べなくていいよ」

下げようとすると、「あ、大丈夫だって」と祐介は慌てて言い、皿を引っ張った。

「なんか、香織、神経質になってない?」

私は、ごめん、と皿を戻す。

「あまり責任を感じるなよな。臨時職員なんだからさ、もっと気楽に取り組めよ」

祐介は私の気持ちを軽くしようとして言ったのだろうが、今日の私には、響かない。

「あ、うん、そうだね」

答えたが、そもそも気楽に取り組むことなんてできない。たとえ臨時職員だとしてもやる以上はきちんとやりたい。成果もあげたい。だが、そんな気持ちは祐介には通じないのかもしれないと思うと、思わず奥歯を強く噛んでしまうのだった。


運動会当日、休日出勤に難色を示すと思われた祐介も、たまたま後輩の結婚披露宴があって外出するため、文句を言うことなく送り出してくれた。

空が高く、雲一つない天気だった。さわやかな風が吹き、気持ちも晴れ晴れとする。晴天に恵まれてよかった。

運動会の会場となっている順徳大学の広々としたキャンパスは自然に囲まれ、まるでアメリカあたりの大学のようだ。グラウンドは贅沢にも芝生が植えられ、手入れが行き届いている。開会式にのぞむ児童たちも心なしか、いつもよりのびのびとしているように見えた。

未就学児のための徒競走は自由参加で、午前中のプログラムの最後にある。果たしてどれぐらいの人数の未就学児とその親が見学に来て、徒競走に参加してくれるだろうか。小学校受験の教室を回って頭を下げた成果がここで表れる。

紺色やグレーのワンピース、もしくは白いポロシャツに半ズボン姿のお受験ルックの未就学児らしき幼児が、やはり紺色のスーツやワンピース姿の母親に手を引かれているのが、ちらほらと見られる。入口で記名する来場者名簿をチェックしたら、在校生の保護者以外の見学者もかなり多かったので、ほっと胸をなでおろす。

運動会の最初のプログラムは低学年の徒競走で、しょっぱなから盛り上がった。テレビ毎朝のディレクター角谷も、開会式から来てくれた。角谷は私と同世代だ。

「僕には子どもがいないんで、小学校の運動会って、自分のとき以外、初めて来ました。聞いてはいたけど、ほんとに親が熱心なんですね」

角谷は雰囲気に圧倒されているようだった。

観客席の最前列で三脚をセットし、前のめりになって自分の子どもを連写している父親の姿がある。先日私に話しかけてきた神林という母親も最前列にいた。きっとかなり早朝から場所取りのために並んだに違いない。

転んでべそをかく我が子を「頑張りなさい」と叱咤《しった》激励している母親もいれば、拳を握りしめてじっと見守っている父親もいる。

小学校の運動会といえども、そこにはさまざまドラマがある。親って自分の子どもには本当に一生懸命になるものなのだな。

私も感心しながら、テントの下の職員席から、角谷と一緒に競技を眺めていた。角谷は時折ノートに書き留めている。

「ここがお母さんの学校なの？」

職員席にそぐわない、幼い女の子の声が背後から聞こえた。振り向くと、古橋さんが膝の上に三つ編みの女の子を抱いて座っていた。顔がよく似ている。たぶん、四歳か五歳ぐらいだ。

私は、古橋さんが独身だと勝手に思い込んでいたので、少し驚いた。

「お嬢さんですか？」

私は、はじめまして、と女の子に微笑みかけた。女の子は、首をかしげて黙っている。

「すみません、まだこの子、ちゃんと挨拶ができなくて。日菜子《ひなこ》です」

古橋さんが娘の頭に自分の手を置き、ぺこりと下げさせる。

「日菜子ね、かけっこするの」

日菜子ちゃんははっきりと言った。おとなしく見える外見からは意外なほど利発そうなお嬢さんだ。

「そう、楽しみね。かけっこしたら素敵なメダルをもらえるからね。おメダイって言ってね、マリア様のメダルなの」

私が言うと、日菜子ちゃんは、知ってるーと返してきた。

日菜子ちゃんはにこにことして、ね、お母さん、と古橋さんを見上げて手を伸ばし、古橋さんの首元のおメダイを小さな掌《てのひら》で握った。

そのうち、未就学児童の徒競走のひとつ前、一、二年生のダンスになった。演目は、「アナと雪の女王」だ。私は次の徒競走で、お土産を配る手伝いをするために席を立った。

古橋さん親子も立ち上がり、古橋さんと目が合った。

「大勢参加してくれるといいですね。おメダイ、きっと喜ばれますよ」

古橋さんは穏やかな笑みを浮かべて言った。

「はい、そうだと嬉しいです」私は頷いた。

未就学児童の徒競走は、在校生の姉弟も加わり、あやうくお土産が足りなくなるほど参加者が多くてほっとした。だいたい体格の似たような子どもを並べて、男女分けて走ってもらった。転んで泣いてしまう子や、負けたのが悔しくてぐずったりしている子がいたが、たいていの子どもが嬉しそうにメダルをもらっていた。

日菜子ちゃんは顔を真っ赤にして走り、見事一等を獲り、得意げに古橋さんにメダルを見せていた。その様子に私の胸がじんわりと温かくなる。

子どもがいるのもいいかもしれない、と珍しく思った。

海斗も徒競走に参加した。惜しくも二等だったが、おメダイのメダルをもらうとスキップして観客席に戻っていくのが微笑ましかった。

午前中の競技が終わって休憩時間になり、私は姉の家族と一緒にシートに座って姉の作ったお弁当を食べた。九州の福岡に単身赴任をしている義理の兄も来ていて、海斗は父親にベタベタと甘えている。舞花も笑顔が絶えない。

「わーい、お母様の卵焼き！」海斗がはしゃぐ。

「おにぎり、美味《おい》しい！」

姉は「たくさん食べなさいね」と微笑む。

先日海斗を送っていったときには舞花が学習塾に行っていて会えず、リップクリームを渡せなかった。学園内では親戚であるがゆえにかえって遠慮もあり、遠くから見かけても近寄っていったり、声をかけたりしなかった。舞花も近づいては来ない。だからずっと様子が気になっていたが、今日の舞花の態度は心配に及ばないように思われた。

唐揚げ、卵焼き、ブロッコリー、プチトマト、おにぎり、そしてりんごとキウイといったお弁当をみんなで囲んでいると、こういうのって幸せなんだろうな、と思えてくるのだった。

7

六月に入ると、低学年、中学年は遠足、五年生は社会科見学、六年生は修学旅行が行われた。行事をホームページに載せるにあたり、私は各学年の担任に選んでもらった生徒の作文を抜粋して画像に添えた。

高学年になるとかなり描写が上手な子もいる。特に四年生の神林勇気君の作文は秀逸で、小学生とは思えないほどの表現力で語彙《ごい》が豊富だった。聞くところによると、神林君は成績優秀者で、作文だけでなく、算数もよくできるし、音楽も体育も得意だそうだ。どうして聖アンジェラ学園に来たのかと思うほど、何をやらせても一流らしい。だが、担任の赤石《あかいし》先生から言動には少し問題があると聞き、私は懇談会後や運動会での神林君の母親の姿が目に浮かんでしまうのだった。

朝、職員室に行くと、説明会と公開授業の告知を載せてくれたフリーペーパーが、私の机の上に置いてあった。私は、毎週木曜日、城南《じょうなん》地区にポスティングされるそのフリーペーパーを、これまであまり読んだことがなかった。フリーペーパーやチラシはほとんど見ずにごみ箱に捨ててしまっているのだ。けれども、今日はページをゆっくりと開く。

目当ての特集は、五頁目の「この小学校に通ってよかった！」である。

一ページまるまる使ってあり、タイトルの下には三人の女性の写真と経歴、コメントが載っていた。

聖アンジェラ学園初等部、と大きな字で書かれた下に、にこやかに微笑む私がいた。二週間前に取材を受けたときの写真だ。首元にはおメダイを下げている。実家に行き、押入れ奥の段ボールから引っ張り出してきたものだ。

写真の下に、経歴が書かれている。

「小川香織

聖アンジェラ学園初等部から中等部、高等部に進み、高校二年でアメリカカリフォルニア州の公立高校に留学し、同校を卒業。

慶應義塾大学総合政策学部を経て株式会社クレール入社。

広報宣伝部にて「めばえスクール」の立ち上げに関わり、中心になってすすめた。クレール退職後、現在は聖アンジェラ学園初等部の広報を担当している」

そして、コメントが続く。

「聖アンジェラ学園初等部では、常に先生が寄り添い励ましてくださり、力になってくれました。また、ボランティア活動を通して人に奉仕することの大切さを学びました。カトリックの教義に基づいたこれらの教育は、私という人間の礎《いしずえ》になっています。聖アンジェラ学園は、温かい学校です」

さらに学園の概要と、説明会、公開授業の日程が載っている。概要は、伝統を踏まえつつ、中学受験の指導にもかなり力を入れていることをアピールする内容になっていた。

ふと人の気配を感じて顔をあげると、目の前に佐々木副校長が立っていた。手には私が読んでいるのと同じフリーペーパーがある。

「うん、いい感じだね、いい感じ。記事になったから、説明会も公開授業もうまくいきそうだ」

副校長は満足そうに笑った。メディアに載せるのを反対していたのに、なんてゲンキンなのだろう。

「そうですね」

一応答えたが、ぶっきらぼうな言い方になってしまった。

「いやあ、小川さんが来るって校長様から聞いたときは、ちょっと心配もあったんだよね。校長様の言いなりなんじゃないかと思ってね」

副校長はそのまま古橋さんの席に腰を下ろし、フリーペーパーを開いた。

スクールカウンセラーの古橋さんは月、水、金の週三日しか来校しないので、今日木曜日はいない。だからといって不在のときに他人が、しかも副校長が席に座ることにものすごく抵抗を感じた。眉間に皺が寄っていくのが抑えられない。

「だけど、さすがだよねえ。ちゃんと中学受験に特化したαクラスのカリキュラムをアピールする内容になってる。うん、いいね、いいね」

副校長は、禿げ上がった額に手をやったあと、古橋さんの机の上に置いてある写真立てを弄《もてあそ》ぶようにしながら、目を細めて日菜子ちゃんの写真を見つめている。

このおやじ、もしかしてロリコンなのか？

背中がぞくっとしてくる。思わず、あの、と声が出た。

「どうしたの？」副校長が下卑た表情で訊いてくる。

「いえ、あの、その……」気持ちが悪いとは面と向かって言えるわけもない。

「そうだ、ホームページにこの情報を載せておいてくれるかな。全国模試でかなりいい成績をとった子がいるんだよ。四年生の神林勇気君ね。全国で八位。算数は満点で当然一位」

副校長は鼻をふくらませて得意げに言うと、模試の結果表を渡してきた。そこには、三年生から六年生までのαクラスの児童の点数、順位、偏差値が記されていた。

「宣伝になりそうな神林君の結果をホームページに載せといてね。あ、名前は伏せてよ。あと、ほかにもまあまあな子をピックアップして……」

そのとき私の机の上の電話が鳴った。内線だ。

受話器を取ると、校長様たっだ。私はお願いしたいことがあって、時間が空いたら連絡をくださいと、頼んでいたのだ。

「いまなら、お時間がございますよ」

「はい、すぐに伺います」

答えて受話器を置くと、副校長はもういなかった。私は持ち歩いているウェットティッシュをバッグから取り出して古橋さんの席に行き、それで写真立てを丁寧に拭いた。


校長室に入ると、ソファーに座るように勧められ、校長様が紅茶をふるまってくれた。ティーカップのソーサーに一枚添えられたクッキーは修道院で作っているもので、昔もいただいたことがある。そのときとまったく変わらない色と形のクッキーに懐かしくなる。

四年生で編入したものの私は、なかなかクラスに馴染めなかった。するとシスターアグネスが、私を放課後面接室に呼んで、紅茶とこのクッキーを出してくれたことを憶えている。

「二ヶ月が過ぎましたが、お仕事、とても順調なようですね。今回の記事も素晴らしいですね」

向かいに座った校長様が穏やかな声色で言った。

「はい、ありがとうございます。フリーペーパーの記事はホームページにもアップしました。SNSでももちろん紹介しています。ホームページのアクセス数もじょじょに伸びておりますし、今月の説明会、公開授業に向けて学校案内のパンフレットも間に合わせます。運動会の評判も良く、お土産のおメダイのメダルも、お守りになるととても喜ばれました。おメダイのメダルが可愛くて素敵だって、ツイッターでちょっとした評判にもなりました。そのおかげか、ホームページを通しての問い合わせもいくつかいただきました」

「そう、それはよかったです」

実は、「六年生の男子のダンスが滑稽だったが、あれは毎年やるのか」という質問もあったのだが、そのことは黙っていることにした。

「運動会の見学者も昨年より増えましたね。おメダイを差し上げたのは素晴らしいアイディアだったと思いますよ。たとえこの学校を志望しなくても、心に残ってもらえたら、嬉しいことですね」

「おメダイのメダルを嬉しそうにもらっていた子どもたち、可愛かったです」

私は日菜子ちゃんの顔を思い浮かべた。

校長様が私の首元に気づき、あら、と口元を緩めた。

「小川さん、おメダイをつけてくださっているのね」

「あ、はい。これは私の宝物です」

「そう言ってくださると、わたくしも嬉しいです」校長様は目を細めた。

「あの、校長様、実はお願いがございまして……テレビ毎朝の企画が通って、正式にニュース番組で紹介されることが決まったようです。それで、取材と撮影をしたいということです」

「まあ、それは、すばらしいですね！」満面の笑みを浮かべる。

「はい、それで、校長様のインタビューを撮りたい、という申し出もありまして。こちらが企画書のコピーです」

「わたくし、ですか？」硬い表情で企画書のコピーを受け取った。

「はい、ぜひお願いします」

「ちょっと……考えさせてくださいね」

職員室に戻り、端っこの自分の席に着くと、佐々木副校長がすっ飛んできた。

「これ、模試の結果表ね」

「では、これに基づいて、記事を載せますね」

書類を受け取ったが、副校長は立ち去る気配がない。

「あの、まだなにか？」

「机の上の企画書を見たんだけどね」

言われて視線を落とすと、角谷から送られてきた企画書が置きっぱなしだった。うっかりしていた。

「僕がインタビューを受けても構わないよ。校長様は、そういうの苦手で、いつも僕が代わりにやってるんだ」

副校長が黄色い歯を見せて、にやりと笑った。卑しい顔が際立っている。

「校長様のお返事はまだなので……」

「そう？　いつでも僕に頼んでいいからね」

副校長はそばを離れていった。

私はぶるんと頭を横に振る。

とにかくホームページを更新しようと思い、パソコンの電源を点《つ》けて、作業を開始した。

8

学校説明会は予想以上に盛況だった。

会場となっている講堂は五百人ほど収容できる。後方から見たところ、紺のスーツやワンピース姿の母親たちで三分の一ほどが埋まっており、平日にもかかわらず、父親の姿も少なからず目に付いた。昨年の説明会に来たのは百人に満たなかったそうだから、まずまずといったところではないだろうか。

壇上の校長様はいま、聖アンジェラの逸話を語っている。みな真剣に耳を傾け、熱心にメモをとる人もいた。

校長様は聖アンジェラの話を終えると、祈りというのがいかに重要かということについて話し始めた。聖アンジェラ学園の精神である謙遜の心、自己犠牲の重要性、社会奉仕の意味を説いた。

続いて、卒業生の活躍の話に移っていく。聖アンジェラ学園の教育が実を結び、社会で活躍している卒業生がいると言って、実名こそ出さないが、大企業の役員の奥様になってボランティアに精を出している女性や、会社の広報で新しいプロジェクトを成功させた、明らかに私と思われる人物について語っている。

聴衆のなかには、あくびをしたり携帯をチェックし始めたりする人が出てきた。そろそろ校長様の話に飽きてきたに違いない。

私はいたたまれない気分になって、講堂の外に出た。予定ではこのあと佐々木副校長が中学受験を目指すαクラスの説明をすることになっている。

「広報の方ですよね？」

お決まりの紺色のスーツを着た女性が、話しかけてきた。かなりふくよかで、スーツがきつそうだ。

「そうですが」

「フリーペーパーに出てたから、来たんですけどね、ちょっと訊きたいことがあって」

「はい」

「ぶっちゃけ、いまの六年生に、御三家とか、国立、慶應なんかに入れそうな子っているんですか？　四年生には全国模試で算数が一位の子がいるってあったけど」

「はい、優秀な生徒はたくさんおります」

「でも、どれくらい優秀なの？」

「六年生の模擬試験の具体的な成績を、ホームページにすぐに載せるようにしますので、ご覧ください」

「あ、それは知りたいですねえ。ぜひお願いします」

ふくよかな女性は微笑みながら頭を下げて、講堂に入っていった。


私は職員室に戻り、ただちに成績優秀な六年生の模試の点数と順位を匿名でホームページに載せた。こういうのはスピードが大事だ。ちょうど副校長から資料をもらってあってよかった。それから化粧室に行き、メイクを直した。すると、外が騒がしくなった。説明会が終了したらしい。私はもう一度口紅を塗り直してから、鏡の中の自分に向かって「よし」と呟いて、廊下に出た。

説明会のあとは休み時間を挟んで公開授業となっており、来場者には説明会の資料とともに、時間割と教室の見取り図を配付してある。聖アンジェラ学園が授業を一般に公開するのは初めての試みだということで、職員一同が緊張していた。テレビの撮影も入るので神経質にもなっている。今日は最後に校長様のインタビューも撮る予定だ。ここまで、すべては順調だ。

公開授業として、四年生から六年生までのαクラスとAクラスを見学させる。該当するクラスの生徒には、くれぐれも粗相のないようにと、ことあるごとに言いふくめてあった。

ホームページに公開授業の記事と写真をアップするために、私も教室にお邪魔する。その際、テレビ毎朝のディレクターの角谷がカメラマンとともに撮影もすることになっていた。彼らは説明会も聞いていたはずだ。

下駄箱の前で三十代と思われる男性カメラマンの堀《ほり》と落ち合った。私はまず、四年生の普通クラス、つまりAクラスにふたりを案内した。校長様が直接教鞭をとる「総合」の授業でカトリックの教えを学ぶ。ミッションスクールであることの宣伝にはうってつけだ。

四年生の教室は二階にある。階段を上がると、遠目からでも廊下に人が溢れているのが見えた。教室内では、揃いの制服を着た二十人あまりの女子児童が手を合わせて祈っているところだった。ここは普通クラスなので男子生徒はいない。

二十数年前は自分もこの子たちのように祈っていたのかと思うと、ひとりひとりの児童が愛おしくなってくる。

祈りが終わると、校長様が黒板に大きな字で「いじめ」と書いた。

「みなさん、お友達がいじめられたら、どうしますか？」

児童たちは黙って一生懸命考えている。なかには見学者を気にしてちらちらとこちらを振り向いている子もいた。

「いじめではなくて、仲間はずれ、でもいいです。仲間はずれの子がいたら、あなたはどうしますか？」

カメラを向けられても校長様はいつもと変わらない柔和な表情でいる。

手を挙げてさされた子が「仲間に入れてあげるようにします」と答えた。すると校長様は、「そうですね、その勇気を出してください」と大きく頷いた。

「神様がいつも見ています。わかりますね」

角谷は、じっと話を聞いていた。なにか感じ入るところがあるように見える。

「イエズス様は、みんなから石を投げられているような人を……」

聖書のエピソードが終わったところで、我々は教室を出た。そして、隣のαクラスの教室に入る。こちらは算数の授業だった。

αクラスは、Aクラスよりもさらに多くの見学者があった。図形を学んでいるらしく、黒板にはいくつもの三角形や四角形が数字とともに描かれている。児童たちは問題を解いている真っ最中だった。答えはあらかじめ示してあり、設問と式を考えるというユニークな問題だ。

四十代半ばで身体の大きい赤石先生が腕組みをして児童たちを見回している。彼はこのクラスの担任で、陰で赤鬼先生と呼ばれるほど厳しくて児童に恐れられているのだが、今日は見学者の手前か、ぎこちない笑みをたたえていた。

教室内は静かで、見学者も私語を交わすものはいない。ただ児童が鉛筆やシャープペンシルを動かす音、消しゴムをこする音などが聞こえてくるだけだ。

堀は長回しで撮影していた。照明が当てられても、児童たちはそれらを気にすることなく問題に取り組んでいる。すごい集中力だ。難問らしく、しかめっ面になっている子もいる。

とても小学生の授業とは思えない緊迫した空気が支配している。

こういう様子を見れば、聖アンジェラ学園に入れたいと思う親も出てくるだろうと期待が膨らむ。

突然、ひとりの男子児童が立ち上がり、こちらを振り向いた。そしてつかつかと教室の後方、私たち三人の方に向かって歩き出した。

「神林君、どうしたんですか」

赤石先生がやんわりと注意した。見学者や撮影者がいるからあまり強い口調にできなかったのだろう。職員室に児童を呼び出したときはもっときつい物言いをしていて、児童が泣いてしまっていたのを見て気の毒に思ったことがある。

神林君は全国模試で算数が一位の子だ。身体だけ見ると小さくて細く、低学年にしか見えない。しかし、銀縁眼鏡の奥の、意志が強そうな目つきはいかにも賢そうだ。

神林君は赤石先生の注意を気に留めることもなく、私の横で見学していた女性の前まで来ると立ち止まった。

「ちょっとそこどいてください。ロッカーから荷物を取るんで」

周りがざわついた。女性は戸惑いながら、身体の位置をずらす。

「かっ、神林君、席に戻りなさい」

焦りを含んだ声で、赤石先生がふたたび注意する。

神林君は先生を完全に無視してロッカーを開け、ランドセルから一冊の問題集を取り出すと、踵《きびす》を返して自分の席に戻った。

「勝手なことをしちゃダメじゃないですか。解き終わったなら、黙って手を挙げる約束です」

赤石先生の声が震えている。怒りを抑えてはいるが、顔はまさに赤鬼のように真っ赤だった。

教室の児童はもちろんのこと、見学者たちも息を呑んで事の成り行きを見守っていた。角谷の表情もかすかに曇っている。私は絶望的な気持ちで眺めていることしかできない。この状況をあとでフォローできるとも思えなかった。

ああ、ここまでうまく進んでいたのに、すべてが水の泡になってしまう。

「簡単ですぐに終わっちゃったんだもん。算数オリンピックがもうすぐだから、余った時間に問題集をやろうと思ったんです。いけませんか？」

神林君は、とても四年生とは思えないふてぶてしい態度で答えると、問題集を開いた。

赤石先生は言葉に詰まった様子で、黙ってしまった。

女子児童がおそるおそる手を挙げた。続いて数人の手が挙がる。それを見た赤石先生は救われたような顔になり、はい、と手を挙げた児童たちに向かって大きく頷いた。

「あと少し待ちましょうかね。それから発表してもらいましょう。まだの人は頑張ってください」

問題集をやり始めた神林君を目の端で意識しながら、赤石先生は上ずった声で言った。

その後、私たちはあてられた生徒が黒板に設問、式を書いて説明するのをひととおり聞いた。

「行きましょうか」

角谷に声をかけ、教室を出る。廊下では、角谷も堀も無言で、私もなにをどう弁明したらいいかわからなかった。

「あの、このあとは、五年生のαクラスの理科です。こちらも先取り授業なので、参考になるかと思いますが」

　角谷の顔色を窺いつつ言うと、角谷が「理科ですか、そうですね」と思案するような顔になる。

堀は廊下に貼られた習字の作品に視線をやっている。

「やっぱり中学受験の詰め込み教育には弊害もあるんですね……小賢《こざか》しくなってしまうというか……」角谷が呟くように言った。

「まあ……そうかもしれません……」

「でも、あまりいい子ばかりっていうのもおかしいですしね。僕としては、逆にほっとしましたよ。まあ、こういうのは編集でカットして放送しないですから、安心してください」

　私は、安堵のあまり力が抜けて、よろけそうになる。

　そのとき、教室から出てきて廊下で話し始める夫婦らしき見学者の声が耳に入ってきた。

「なんかやっぱり一流校とは違うよね」女性が言った。

「まあ、来てる子の質が低いのはしょうがないでしょ。中学受験の実績もまだないんだから」

「でも、ホームページに全国模試で八位、算数一位の子がいるってあったけど」

「うーん、そうだとしても、あんなに先生に対して態度の悪い子がいるのはどうかな」

　公開授業は、見事に裏目に出てしまった。私の頬のあたりが引きつってくる。

「さ、気を取り直して、撮影を続けましょう」角谷が励ますように明るく言ってくれた。

　角谷と堀とともに、二階の隅にある理科室に向かった。五年生のαクラスには姪の舞花がいるので、今朝までは授業を見るのを楽しみにしていた。しかしいまは暗い気持ちをひきずったまま教室に入った。

理科の授業にも多くの見学者がいた。学習している単元は、方位磁針と電池を使って電磁石の極を調べる実験で、本来は六年生で習う範囲だが、だいぶ先取りしている。堀は、どうにか教室の端に場所をとって、カメラを回している。私は理科室内を見回して舞花の姿を探した。見学者が多くて、肩ごしから眺めるような形となる。

舞花は教室の前方に座っていた。私が誕生日祝いにプレゼントしたピンクの筆箱が目印になってすぐに見つけられた。だが、班のみんなが実験をしているのに、なぜか舞花だけが参加していない。

体調でも悪いのだろうか。

心配になり、よりよく見えるように私は背伸びをした。

舞花はきょろきょろと周りを見回しているだけで、やはりひとりだけ実験に加わっていない。

私は舞花の注意を喚起してみようと、右手をあげて手を振ってみる。しかし、舞花は私に気づかなかった。

それどころか、隣の子の筆箱に手を伸ばし、そこからシャープペンシルを取り出すと、自分のポケットに素早くしまった。

私は自分の目を疑った。

まさか。

舞花が人のものを盗んだ?

よりによって公開授業の日に？　神林君に続いて舞花まで……

隣の子は実験に夢中でまったく気づいていなかった。角谷も私の周りの見学者も、ほかの班のところで説明している先生の方を向いている。

背伸びしていた姿勢を戻し、私は理科室を出た。頭が真っ白で、何も考えられなかった。

9

公開授業から一週間が経ち、暦は七月に入っている。水泳の授業が始まり、保護者面談の予定も組まれていた。

私はインターネットで「聖アンジェラ学園初等部」を検索した。毎朝のルーティーンだが、ここ数日、ＳＮＳや私立小学校の比較サイトなどに聖アンジェラ学園の公開授業の様子が書き込まれたものが拡散され、学校の評判は一気に悪くなっている。ホームページにも、公開授業の感想に混じり、クレームに近いメールがいくつか届いていた。

やはりそうなったかと、頭を抱えた。

神林君の反抗的な授業態度は誇張を含んで流布されていた。しかも彼が全国模試で総合八位、算数が一位の児童で、ジュニア算数オリンピックの全国大会に進むことも明らかになっている。

公開授業のあとに行われた職員会議では、当然ながら神林君のことが名指しで問題になった。

「私も成績がいいからと、神林君には、甘くなっていたのかもしれません。まさか、あんな態度をとるとは」赤石先生は顔を顰《しか》めた。

「もちろん態度はよくないと思いますが、先日のジュニア算数オリンピックの地区大会でも、神林君はずば抜けた成績ですからねえ。彼は特別ですよ。頭のいい子は、ちょっとエキセントリックになることもありますからね。それにあの子は、ある意味我が学園の広告塔のような存在でもあるのだから、大目に見てあげましょう」

佐々木副校長がかばうように言うと、誰もそれ以上発言しなかった。副校長は、神林君に対してやけに寛容だ。成績がよければ、なんでも許されるのだろうか。納得がいかない。

広告塔というが、悪いほうの広告塔にもなってしまっているではないか。

しばらく沈黙が続いたところで、校長様が「赤石先生」と口を開いた。

「子どもの心は繊細ですから、頭ごなしに注意するだけでなく、受け止めてあげないといけません。けれども今回の件は、担任として、面談のとき、神林君の親御さんにお伝えしてください。場合によっては一度私が神林君本人と直接話してみてもいいですよ。なにか鬱屈や不満があるようなら、古橋さんとのカウンセリングも必要かもしれませんね。反抗的な態度は子どもの心のサインでもありますから」

赤石先生は「わかりました。ちょっと難しい親御さんですが、言ってみます」と答えた。

私は、「鬱屈や不満」という言葉に、舞花の顔が浮かんだ。

多くの職員が頷いていたが、佐々木副校長は不服そうな顔をしている。

「そこまで深刻な問題じゃないと思いますがね。あそこまで成績がいい子は、学園にとって財産なんだから、多少のことは理解してあげないと。あ、そうだ。小川さん。神林君が地区大会を通って全国大会に進む件、ちゃんとホームページに載せておいてね。中学受験を目指す人たちは、そういう情報には敏感だからね。あと、漢字検定とか、算数検定の合格人数もあるといいんじゃないかな」

佐々木副校長は、「彼のことは、テレビ番組でも紹介したらいいんじゃないかな」と表情を緩ませた。

「そういえば、テレビの件はどうなっていますか?」

学校説明会の日にインタビューを受けてくれた校長様が訊いてきた。

「はい、また撮影に来るそうです」

「そうですか、順調のようでよかったです」

校長様の安堵した表情を見て、私は後ろめたい気持ちになっていた。

職員会議では報告していないが、ネットでの書き込みが、いまや見過ごせないほどになっている。

私は、九月の入試説明会に向けて、今回評判を落としたことの対策を講じなければと思いつつも、なかなか効果的な動きができていなかった。書き込みについては、時間が経てば落ち着くのではないかとの思いもあったし、下手に反応すると、炎上することが予想されたからだ。

自分を広報のプロだと思ってきたけれど、子どもが絡み、かつ対母親となると、なかなか一筋縄ではいかない。

ネット上には、校長様を揶揄した書き込みもあった。説教臭い、時代錯誤な理想主義などと辛辣《しんらつ》なものも見られた。授業を公開したことも良かったのか悪かったのかわからない。匿名で投稿できるSNSやサイトには、必ず賛否両論が湧くので、判断が難しい。

加えて私は公開授業の日に舞花の行動を目にして以来、舞花のことを誰にも相談できず、悶々としていた。祐介にはとても言えないし、言いたくなかった。舞花の母親である姉には伝え方が難しい。姉の性格からして、話してしまえば舞花にとって逆効果になるような叱り方をするのではないかとも考えられる。

かといって舞花本人に問いただすようなこともできないでいた。なにしろ舞花はデリケートな年頃だ。そして、私にはうまく訊ける自信もない。

パソコンの電源を切って、天井を仰ぎ見た。するとエアコンの風が直接顔に当たった。そのまま目を閉じる。

私はいったいどうすればいいのだろう。舞花のためにできることはないのだろうか。

目を開けたら、さっきまでいなかった古橋さんが目の前の席に座っていた。なにかの資料を熱心に読んでいる。

古橋さん、と声をかけた。

はい、と顔をあげた古橋さんは、すべてを受け止めてくれそうな優しい表情をしているように、私の目には映った。

「あの、相談、がある……んですけど」

それでもいざ身内のこととなると、私の言葉は歯切れが悪くなってしまう。

「カウンセリングルームに行きますか？」

「お願いします」私は椅子からすぐさま立ち上がった。

10

カウンセリングルーム「はあとるーむ」は、一階の奥、保健室の隣にひっそりとあった。ドアには手作りらしい木製の小さな看板が掲げられている。

私は古橋さんのあとに続いて部屋に入った。

入口近くの掲示板には古橋さんが月に一回発行している「はあとるーむ通信」の最新号、その横には折り紙で作った紫陽花が貼ってあった。

「はあとるーむ」は教室の三分の一ぐらいのスペースしかなく、小さなテーブルを挟んで二人がけソファーが向かい合わせに置いてある。窓際にも小さなデスクと椅子が備え付けられ、壁には本棚が二つ並んでいた。

「どうぞお座りになって」

古橋さんに笑顔で促され、ソファーに腰を下ろす。テーブルの上には本物の紫陽花がガラスの花瓶に生けてある。淡紫の優しい色合いの花を目にしたら、緊張がいくらかほぐれた。

花瓶の隣に、男ものの眼鏡が置きっぱなしになっているのに気づく。

どこかで見たことがある、と記憶をたどると、思い当たった。脂でレンズが曇った眼鏡、それは佐々木副校長のものに違いなかった。

「あの、この眼鏡……」

コンポを操作している古橋さんの背中に声をかけたとき、音量を抑えたクラシックの調べが部屋に流れ始めた。

「ああ、それは、忘れ物ですね」古橋さんがこちらを向く。

「もしかして、先生方のカウンセリングもなさっているんですか？」

「ええ、まあ」

古橋さんは言葉を濁し、素早く眼鏡を摑むと窓際のデスクに持っていった。副校長の手垢のついた眼鏡が一瞬でも古橋さんの色白の掌にあったのが気の毒だ。

佐々木副校長がカウンセリングを受けているのも、意外だ。それに、いくら仕事とはいえ、あの副校長と密室で一対一になるなんて、私だったらごめん被《こうむ》りたい。

きっと古橋さんは仕事柄ありとあらゆる人に対応できるのだろうし、対応しなければならないのだろう。

私は目の前に座った古橋さんを尊敬の念を込めて見つめた。

「ご相談、どんなことでしょう」

古橋さんは私の視線を受け止めて、やわらかく微笑んだ。

私は軽く息を整えてから、実は、と話し始める。

「五年生のαクラスにいる、姪の末松《すえまつ》舞花のことなんですが……」

公開授業の際に舞花が隣の子のシャープペンシルを盗んだ場面を見てしまったことを一気に話した。

「前に『めばえスクール』で来たときも、舞花がレクチャーを聞こうとしない態度が気になったんです」

古橋さんに打ち明けたら、気持ちがいくばくか軽くなった。

「そうですか」古橋さんは真剣な面持ちになっている。

「あの、舞花がここにカウンセリングを受けに来たことはないですか?」

「来てないですね」

「でも、なにか問題があることは確かですよね」

「そうですね」古橋さんは考え込んでいる。

「なんとかならないでしょうか。いえ、どうしたらいいでしょう。私になにかできることがあれば……」気持ちが先走り、古橋さんの方に身体が近づいてしまう。

「あまり勇み足にならないほうがいいかもしれません。まず私が折を見て本人に話を聞いてみましょう。ただし、慎重にいかないと。お子さんによっては、お母さん、あるいは先生側の人だって思われたら絶対に心を開かないので、とにかく、小川さんが舞花さんの味方だっていうメッセージを伝え続けてください。それも、自然に、さりげなく、です。それから、私がカウンセリングをする前に、舞花さんのご家庭での様子を小川さんの知っている範囲で教えていただけますか。

学校での状況は、私が担任の先生に詳しく伺っておきます」

「運動会では明るかったんです。その前に舞花の家に行ったんですけど、舞花は塾に行っていていなくて、家での様子はよくわからないんです」

海斗を目黒の教室からピックアップした日、ケーキを買っていったのに舞花と一緒に食べられなくてがっかりしたことを思い出した。リップクリームもいまだに渡せていない。

「ただ、舞花は小さい頃から早期教育だの、知能開発だの、それはいろんな習い事をやらされていました。幼稚園受験、小学校受験とずっと続いています。いまも中学受験のために塾に通い、毎日遅くまで勉強していますから、そのひずみが出たんじゃないでしょうか」

「ご両親はどんな感じで舞花さんに接していますか？」

「父親は単身赴任で、普段はいないんです。下の子の小学校受験もあって、姉はひとりで奮闘しています。目がつり上がっちゃっていますから、舞花にもきっと辛くあたっているんじゃないかと心配です。もともときつい性格ですし」

「小川さん、もし可能なら、舞花さんが家にいらっしゃるときに訪ねて、お母様と舞花さんの接する様子がどんなか、私にお知らせくださいますか？」

「はい、そうします」

「なるべく早くにお願いしますね」

「あの、やっぱり受験クラスは、カウンセリングに来る子が多いんでしょうか。この間も、神林君のことが職員会議に出ましたが……神林君は、カウンセリングを受けましたか？」

「いえ、神林君はカウンセリングどころか、校長様に呼ばれても、来なかったみたいですね。なかなか難しいです。無理やりっていうわけにもいきませんからね。それと、受験クラスの子がカウンセリングに多く来るかというご質問ですが、そうですね、何とも言えません。もちろん、普通クラスの女の子たちのなかにもカウンセリングに来る子はいます。けれども小学生の子どもにとって、中学受験の勉強がかなり負担になっているのは事実だと思います。肉体的にも、精神的にも」

「過酷ですものね」

祐介が、「一年生から塾に通い、中学受験は大学受験よりも大変だった、ひどいときは三時間しか寝なかった」と言っていたことを思い出す。

「でも、本人が勉強を好きだったり、行きたい中学があったりすると、そんなにストレスなく前向きに受験勉強をやっている場合もありますね。だから、本人の性格も影響します。そして親御さんの態度によってもお子さんのストレスは違います。お母様、ときにはお父様がお子さんを追い詰めてしまっていると、なんらかの問題が起きることが多いです。そうすると、親御さんとのカウンセリングも必要になります。最近ではおじいちゃまやおばあちゃまのプレッシャーがあるような場合も見受けられますね。そうなると、なかなか複雑で……とにかく、舞花さんの詳しい様子をお知らせください」

「はい、私、舞花の家に行ってみます。それからまたお話させてください。ありがとうございました」

「はあとるーむ」を出た私は、廊下でスマートフォンを取り出し、「週末遊びに行ってもいいか」とさっそく姉にメッセージを打った。

11

最寄りの桜新町駅から東急田園都市線に乗り、姉の家に向かう。二子玉川駅を越えると、車窓から多摩《たま》川が見え、景色が開けた。

梅雨の晴れ間を惜しむように、日曜日の土手にはかなりの人出があった。バーベキューをする集団、サッカーに興じる子どもや大人、シートを広げている親子連れ、釣り糸を川面に垂らす人もいる。

「いいよなあ。俺も自分の子どもと多摩川で遊びたいな」

隣に立っている祐介が呟いた。

「そうだね」と答えはしたが、頭の中は舞花のことでいっぱいだった。

「香織が作った弁当をシート広げて家族みんなで食べるのもいいよなあ。唐揚げと卵焼き。サンドイッチでもいいかな」

無邪気に想像に浸っているので返事をせずにほうっておいたら、三駅目の二子《ふたこ》新地《しんち》に着いたので、電車を降りた。

「あとで海斗君とキャッチボールだな。舞花ちゃんとはバドミントン。お義姉《ねえ》さんの家、多摩川まで歩いていけるもんなー。土手が近くていいよね。俺らも川の近くに越さない？」

「いくら多摩川が近くたって、海斗も舞花も遊ぶ時間なんてほとんどないけどね」

私は祐介の引越しの提案を聞き流して答えた。

よく晴れた空とは対照的に、私の気持ちは曇っていた。姉の家を偵察に行くのはさすがに気が引ける。だから祐介にも声をかけたのだ。姉は、「遊びに来るなんて、どういう風の吹き回しなの」と最初は不思議がっていたが、「祐介さんに中学受験の話を聞けるのもいいわね」と快く我々の訪問を受け入れてくれた。

そもそも姉は東大出身の義弟がいるのは自慢だと祐介のことをやけに気に入っている。東大というブランドは、姉にとっては最強のようだ。姉に限らず東大は、慶應とはまた別の意味で、多くの人にとって特別な響きを持っている。日本の最難関大学だからそういった反応は当然だが、祐介と暮らしていると、それはその人のすべてではなく、ひとつの要素でしかないと感じることが多い。当たり前だが、東大だからといって、なにもかもが優れているわけではない。だが、東大ということでさまざまなことが免罪されてしまう、免罪してしまう空気があるのも事実だ。

目の前の祐介は、これから姪や甥に会えるのを楽しみにしているひとりの子ども好きな三十男でしかない。自分の実家から持ってきたバドミントンの道具と野球のグローブ、ボール一式をバッグに入れてきたので、大荷物になってしまっている。

二子新地の駅から十分ほど歩き、建売住宅の並ぶ一角に着いた。姉の家は間口が狭く、土地は二十坪に満たないうえに、奥まった場所にあり、日当たりが悪かった。カーポートに自家用車はなく、ママチャリと、カバーのかかった二台の子ども用自転車が置いてある。

「狭くてごめんなさいね。無理やり三階建てにしているから、まさに、『えんぴつハウス』なのよね」

玄関で姉がスリッパを出しながら、自嘲気味に言った。

「ツリーハウスみたいで楽しいじゃないですか」

祐介の返答が無邪気すぎてヒヤヒヤするが、姉が気を悪くした様子はなさそうなのでほっとした。

二階のリビングに通されると、海斗がさっそく祐介にまとわりついた。祐介も嬉しそうだ。

私は、桜新町にある人気のパティスリーで買ってきたケーキを姉に渡す。

「昼ごはん、そうめんでいい？」

「なんでもいいよ。舞花は？」

「塾のテスト。もうすぐ帰ってくる」

姉は冷蔵庫にケーキの箱をしまいながら答えた。

「昼ごはん作るの、手伝おうか？」

「いい。座ってて。今日はお客さんなんだから」

私は手持ち無沙汰になり、リビングを見回した。海斗と祐介は相撲のように取っ組み合ってじゃれている。

リビングダイニングはキッチンと隣合わせになっている。ダイニングテーブルの端にプリンターが置いてあった。その上に、五ミリほどの厚さのB5サイズの冊子が載っている。「推理」と書かれた文字に動物の絵の表紙で、海斗の小学校受験用問題集のようだ。

排出トレイには、コピーされた紙が数枚ある。私は一番上のコピー用紙を手にとってみた。観覧車の絵が描かれていて、それぞれに動物が一匹ずつ乗っている。

「三つ動いたら、たぬきはどこにいますか、○をつけなさい。うさぎはどこですか、△をつけなさい」との設問があった。

大人の私も、少し考えないと答えが出ない。

「小学校受験の問題って難しいんだね」

感心していると、姉が「それは簡単なほうよ」とこちらを向いた。

「シーソーの問題なんかはもっと難しいの。でも、海斗はペーパー得意だから、ばっちりよ」

「これ、コピーしているってことは、何回もやるんだね」

「そう、三回はやる。不得意な単元は五回くらいかな。そのためにプリンターも買ったの。ひとつひとつの問題集は薄いんだけど、項目別に百冊くらいに分かれているから、合わせるとすごい量になる。全部の項目を夏休みが終わるまでに網羅しないといけなくて、いまが踏ん張りどころなわけ。夏休み過ぎたら、実際の入試問題をどんどん解いて、不得意なところを中心に復習する」

姉は「ほら、あれが問題集」と、リビングに二つ並んでいるカラーボックスを指さした。

私はカラーボックスに近よっていった。

未測量・位置表象・数・図形・言語・推理・記憶・論理・常識……。

項目別シールが、カラーボックスの仕切りに貼ってあり、分類された問題集が貴重面な姉らしく、整然と並べられていた。

頭がくらくらとしてくる。

「それ以外にも、製作物で手先の巧緻《こうち》性、運動で指示行動ができるかどうかも見られるから、工作とか運動もしないといけないの。行動観察重視の学校では協調性やリーダーシップも見られるから、併願するならなおさら、すべてにおいてまんべんなくバランスが取れていないといけないんだよね」姉はいつの間にか私の隣にいた。

「すごいね……」それしか感想が出てこない。

「海斗は一日に一時間以上ペーパーに時間をかけてる。それも、朝幼稚園に行く前に勉強するんだよ。だから海斗は毎日六時起き。あたしは横で問題を読んであげて、採点するの。間違えたらどうして間違えたか、解説する。藤森先生のところにも週三回、それから体操教室にお絵かき教室、工作だって毎日必ずしてる」

「忙しいんだね、海斗。お姉ちゃんも、つきっきりなんだね……」

「ほら、これ見てよ」

姉は、カラーボックスの横に飾ってある笹を指差す。短冊がかかっていた。

「そういえば、もうすぐ七夕だね」

「こうやって季節の行事も欠かさずして、写真で残して忘れないようにするの。お団子作って花見もするよ。あと、花や虫の名前も覚えさせなきゃいけない」

「す、すごいね」

「香織、彼岸花《ひがんばな》って知ってる？」

「うーん、聞いたことない。っていうか、私、花の名前は紫陽花とかメジャーなものしか知らないかも」

「そんなマイナーな花まで覚えるんだよ。虫も詳しくね」

「秋の花なんて、秋桜《コスモス》ぐらいしか思い浮かばないよ。彼岸花って、マイナーだよね」

「秋のお彼岸のころに咲く赤や白の花だよ」

私は絶句してしまう。

「ちょっとー。海斗、こっち来て」

姉が呼び寄せると、はーいと素直に返事をして、海斗が走り寄ってきた。

「海斗、モンシロチョウが出てくる季節は？」姉はいきなり質問した。

「春！」海斗は即答する。

「アゲハチョウは？」

「夏！」

「海斗すごいね」感心するあまり、私は大きな声になった。

「へへへ」

海斗は得意そうに笑顔を見せた。

「もういいわよ」

姉が言うと、海斗はぴょんぴょんと跳びはねながら祐介のところに戻っていった。

「知らなかった。ちょうちょは、全部春なのかと思ってた。海斗、私より物知りかもしれないね」

姉は、うんうんと頷いた。

「虫や花の知識だけじゃないの。昔話とかも覚えさせるんだよ。だから毎晩読み聞かせて、日本と世界の有名な昔話は網羅するんだ。なにが試験に出るかわからないから」

「親の負担も相当なもんなんだね」

小学校受験の準備がこんなに大変だとは思っていなかった。ちょっと侮《あなど》っていた。

「けどね、これだけやって、いっくらペーパーができて行動観察でいい結果だったとしても、受かるとは限らないのが小学校受験の世界。理不尽だわ、ほんと」

姉はそう言ってから、頭を左右に振った。

私ははしゃぎ声をあげる海斗の姿に目をやり、「そんなに理不尽なら小学校受験なんてやらなきゃいいのに」と心のうちで呟いた。渦中の姉には、とても面と向かって言えない。

「これ、見てよ」

姉がスマートフォンの画像を私に見せた。

「これ、舞花がどれだけ頑張ったかの証明。これだけの量の問題をやったの。舞花の励みになると思って記念に撮っておいた」

いまよりも幼い舞花が、背丈よりも高く積んだコピー用紙らしきものと並んで写っている。その顔には憂いの表情が見て取れた。

いくら頑張った証《あかし》といったって、志望校に落ちたのに写真を撮るなんて、本人にとっては嫌なことだったのではないのだろうか。姉のこういう無神経なところが、舞花の気になる行動に繋がっているのかもしれない。

姉は舞花の画像をじっと見つめている。

「舞花、ものすごく頑張ってペーパーもこなしたし、模試だっていつもトップのほうだった。あの子、偉かったと思う。なのに、どの学校もダメだったんだよね」

「努力が必ずしも報われるわけではない、厳しい世界なんだね」

姉はしばらく画像に見入っていたが、「あたしね」と私の方を向いた。

「子どもって、親の作品だと思うんだよね」

「作品?」

「いかに仕上げるか、磨き上げるかって、親にかかっていると思う」

「そうかな……」

「そうだよ。最近テレビや雑誌に出てる、東大医学部に子ども三人入れた母親いるでしょ? あいう人がもてはやされるってことは、世間だって、子どもを親の作品として見てるってことじゃない?」

「あれは、おもしろがられているっていうか。批判もされているでしょ。ひけらかしているみたいで、私はどうかな、って思うけど」

「何言ってんの。ひけらかして何が悪いのよ。東大だよ、東大。しかも医学部。日本一難しいところ。超エリートになるってことが約束されてるんだよ」

「そりゃそうだけど……」

「東大医学部に入るのに、親子ですさまじい努力をしたはずだよ。それだけ親も子も頑張ったんだから、自慢だってしたくなるでしょ。それに、周りだって、たいがいは羨ましいって思ってるはず。親なら、子どもをいい学校に行かせたい、社会に出て、上の方にいる人間にしてあげたいって思うのは当然のこと。日本って、学歴社会で、格差社会じゃない。それなのに、あんたみたいに、自分も優秀で、子どももいない人に限って、綺麗事言うんだよね」

「私が言いたいのは、子どもにはそれぞれ個性や能力の差がもともとあるんじゃないかなってことで、作品っていう言い方に抵抗があるだけ。優秀かどうかのものさしばかりだと、子どもにとっては負担が大きくて、なんか、かわいそうっていうか……」

「かわいそう？　じゃあ、どうってことない学校出て、あたしみたいな人生を子どもにも送らせろってこと？　あたしの人生見てよ。夫は不在、自分にスキルもないから、仕事もない。やれることなんて、せめて子どもの人生のサポートぐらいしかない。あたしと同じようにならないためぐらいのことしかできないけど、それすらせずに放っておいたら、それこそ舞花や海斗がかわいそうじゃない。あんたみたいに、謙虚なふりしているのってムカつくのよね。慶應出たことを自分からあんまり言わないっていうのも、逆にいやらしいわよ。それって、ひけらかしている人以上に、自分が優秀で、周りが馬鹿だって見下しているみたいな気がする。社会の上の方にいるあんたには、なんとかして這い上がりたい人の気持ちなんて、わからないんだよ。それで、必死にやっている人をせせら笑うんだよね」

「見下してなんかいないよ」

私は姉の言葉に打ちのめされていた。海斗の通う藤森教室の母親たちには、私の学歴を自慢しているのに、ムカつくとかいやらしいとまで思われているとはショックだ。

「あんたの言うように、子どもにはそれぞれ能力の差はあるよ。たしかにもともと原石がいい子が磨かれれば鬼に金棒。うちなんて、両親の経歴がたいしたことないから、なおさら努力で補うしかないじゃない。それに、うちの子、頭は悪くないんだもん。だから、あたしも舞花も精一杯やったわけよ」

「うん、それは、わかってる」

「だけどさ、伝統校とか、超一流名門校ばっかり受けたから、ペーパーや行動観察以外の要素が大きく関わったんだよね。つまり、いい原石しかいらないっていう学校を受けてしまったってことね。学校選びを間違えたんだと思う。舞花の小学校受験を失敗してわかったのは、選考基準が学校によって全然違うってこと。舞花が受けた学校みたいに卒業生や親の格が合否に左右する学校もあるけれど、純粋にペーパーや子ども本人の出来で合格できる学校もあるの。努力してダメな場合もあるけど、努力しないと始まらない。頑張れば開ける道もある。だから海斗はペーパー重視の、フェアーな学校を目指している。男の子だしね。藤森先生にも、そういう学校を勧められたし。海斗が合格して、エリートの道にすすめば、あたしの人生だって、百八十度変わるんだよ。はい上がれるんだよ」

姉は興奮気味にまくし立てた。

「お姉ちゃん、そんなに上を目指さなくたって、舞花も海斗も、お姉ちゃんだって、充分恵まれているよ。一軒家に住んで、子どもは私立に通ってる。ふたりとも健康で朗らかでいい子だし……お義兄《にい》さんだって優しくていい人でしょ。世の中には、もっと恵まれない人だっているじゃない」

「いまのままで満足しろっていうの？」

「そういう意味じゃなくって……」

「あんたさあ、自分を棚に上げて、傲慢だよね。あたしより上にいるあんたには言われたくない。なんで下を見なきゃいけないかも、わかんない。上を目指して何が悪いの？」

「別に悪いっていうわけじゃないよ。誤解しないで」

私は姉に、無理せず現実をよく見てほしいだけだ。なりふり構わず受験に没頭しているのが気がかりなのだ。子どもを追い詰めていないか心配でもある。

目の前の姉の伸びっぱなしの髪は毛先がばらばらだ。手指の肌もがさがさで、姉が身なりに構っていないのは、一目瞭然だ。気持ちの余裕もないのだろう。姉は元来作りがいい顔立ちなのに、とても残念な感じに見える。つまり、女としての原石はいいはずなのだ。

姉こそ、自分を磨くべきではないだろうか。たとえ受験するにしても、親の印象は大事なはずだろう。

世間には美魔女といわれ、姉ぐらいの年齢でも驚くほど自分の身なりに手をかけている女性もいるのだから、少しは気にかけてほしい。

そう、藤森教室の近くで会った母親たちのように。

彼女らは、小学校受験の渦中にいても隙のないおしゃれをしていた。たぶん育ちや学歴という意味での原石がいいから、姉と違って余裕があるに違いない。経済的にも相当恵まれているのだろう。

私は祐介とじゃれている海斗に視線をやる。いつの間にかTVゲームを始めたふたりには私たちの会話は聞こえていないようだ。

「海斗、合格するといいね」心からの言葉だった。

合格しないと海斗もまた中学受験をさせられるに決まっている。一刻も早く海斗を受験のための勉強から解放してあげたい。

「今度こそ失敗するわけにはいかないもの。絶対に合格してみせるわよ」

姉は鼻息荒く言ったのち、「あ、そうめん!」とキッチンに戻っていった。

「茹で過ぎちゃったっ」大声で言いながら、ガスコンロから鍋をおろしている。

「出前でもとろうよ。私が払うから。ピザでも、お蕎麦でも、お寿司でも」私も大きな声を出した。

「じゃあ、そうしてもらおうかな。お寿司もたまにはいいわね」

「わーい、お寿司、お寿司ぃ。たまご、たまごぉ」

海斗がはしゃいで、くるくると祐介の周りを回っている。

あんなにたくさんの問題集を解いているが、海斗はまだまだ幼くてかわいい。

そのとき、「ただいま」という沈み気味の声とともに暗い顔の舞花がリビングに入ってきた。

「おかえりー、舞花。お疲れ。日曜日も大変だね」私は舞花に笑いかけた。

「お、舞花ちゃん、頑張ってるね。わかんない問題とかあったら、祐介おじさんにいつでも訊いてくれよ」祐介も明るく声をかけた。

だが、舞花の反応は薄く、うつむき加減に小さく頷いただけだった。

「どうだったの、舞花。できたの？」姉の口調は鋭い。

舞花は頭を左右に振って、唇を噛んでいる。

「だめじゃないの。これ以上、下のクラスに落ちたらどうするのっ！」怒鳴り声に近かった。

祐介が驚いて姉の顔を見た。海斗は慣れているのか、まったく気にせずに祐介にまとわりついている。

「海斗は成績がいいのに、舞花はどうしちゃったのよ。小学校受験のときはこんなんじゃなかったのに」

嘆くように言った姉の顔を舞花が一瞬、上目遣いで見た。そして、また下を向いてしまう。

「お姉ちゃん、あとにしようよ。舞花も帰ってきたばっかりだし」

私は舞花のそばに行った。

「部屋に荷物を置いてこようね」そう言って手をつないだ。

「お姉ちゃん、お寿司の注文お願いね」

私は舞花とともにリビングから出る。狭い階段なので手を離し、舞花を先に行かせた。リュックを背負った肩がいたいけで頼りない。

この小さな背中に、リュックの何倍もの重い期待やプレッシャーを背負っているのかと思うと胸が痛んだ。

三階の子ども部屋に入り、ポケットに忍ばせていたプレゼントを手渡すと、舞花はきょとんとした顔でこちらを見た。

「ママには内緒ね。それと、海斗にも。舞花にだけプレゼント持ってきたの」

私は人差し指を唇に当てるポーズをする。

舞花は小さな包みを開けると、わあ、と声をあげた。

「色付きリップだ！」わずかに微笑む。

「かおちゃん、ありがとう」

舞花は大事そうにリップクリームを握って鏡の前に行き、唇にそっとリップクリームを塗る。するると顔色が少し明るくなった。

「かわいいよ、舞花。だけど、ご飯のときには落としてきてね」

幾度もリップクリームを塗り直している舞花に念を押してから、子ども部屋を出た。舞花が喜んでくれて本当によかった。

出前専門チェーン店の寿司を囲んで、賑やかな昼食となった。

「祐介さんは、中学受験のとき、どれくらい勉強したの？」姉が訊いた。

舞花は黙々と寿司を口に運んでいた。勉強の話題になってまたもとの暗い表情に戻ってしまっている。海斗は夢中になって食べていて、途中でむせては麦茶を飲んだ。

「六年生になると、毎日塾に行きましたね。帰ってからも一時、二時すぎまで勉強してたかな。朝も早起きしてドリルをやりましたよ。週末も今日の舞花ちゃんみたいに、塾のテストや模擬試験だったですね」

「そんなに勉強して辛くなかったの？」私は思わず質問した。

「俺、自分で言うのもなんだけど、成績も良かったし、勉強、嫌いじゃなかったから、それほど辛くなかったよ。テストの結果がいつも楽しみだったし、中学受験も嫌じゃなかったな」

「素晴らしいわね。やっぱり東大行く人は、地頭《じあたま》が違うのね」

姉が感心するように言い、「海斗も祐介さんみたいになってほしいわー。地頭はいいはずだから」と続けた。そして海斗の頭を撫でつつ、舞花の方を向く。

「舞花も少しは祐介さんを見習いなさい。成績が上がれば、楽しくなるんですって」

舞花はうなだれて、何も答えない。一気に食卓の雰囲気が悪くなった。

「舞花ちゃん、このあと土手でバドミントンでもしようよ」

祐介が気を利かせて言ってくれて助かった。

「僕もやる、僕もー」海斗がすかさず割り込んできた。

「おう、海斗君。キャッチボールもやろうな」

「あらあ、助かるわ。父親がいまいないから、海斗とキャッチボールとかしてくれると嬉しい。そういう遊びもしているかって、試験の面接で訊かれるのよね」

姉の弾んだ声を聞いて、私の胸にもやもやとしたものが広がっていった。

多摩川の土手に着くやいなや、姉が海斗にそこらへんに生えている植物の名前を教え始めた。植物のみならず、あそこがグラウンド、あれはバーベキューなどといちいち説明をしている。

意気込んでキャッチボールの道具を出した祐介は、出鼻をくじかれたようだ。

「バドミントンやろう」祐介は舞花に声をかけた。

舞花は海斗にぴったりと寄り添っている姉の姿を凝視していて、祐介の声に気づかない。さみしげな表情を浮かべている。

「ママ、舞花や海斗に一生懸命だね」

かぼそい肩に手をかけると、舞花は私の顔を見上げた。

「海斗にはね」

舞花は私から離れて祐介のところに行き、ラケットを受け取ると、バドミントンを始めた。

笑いを取ろうとおどける祐介を見て、舞花はお腹を抱えて笑い転げている。その顔を見ていると、心配が杞憂であってほしい、盗難はたった一回の出来心で繰り返さないでほしいと願わずにはいられなかった。

二時間ほど土手で遊んでから、姉一家と別れて帰りの電車に乗った。

「楽しかったなあ。やっぱり子ども早く欲しいよなあ」

独り言ともつかない祐介の呟きを無視して、私は舞花のことを考えていた。

12

翌月曜日、朝から古橋さんの姿を探したが、職員室にはいなかった。やっと顔を合わせることができたときには、昼休みになっていた。

「あの、週末に姪のところに行ってきました」すぐに報告した。

「小川さん、よかったら、学校の外でお昼を食べながらお話しませんか？」

小学校の校門から五分ほど歩くと、住宅街の一角に小さなイタリアンレストランがあった。十人も入ればいっぱいの店内には犬連れの客もいて、ここは近所の住人の御用達《ごようたし》のようだ。緑の続く遊歩道沿いにあり、居心地の良い店だ。

私は昨日の舞花の様子を古橋さんに仔細に伝えた。

どうやら母親が弟にばかり気持ちを注いでいて、自分には勉強のことしか言わないのが不満のようだと、私なりの見解も述べた。

ずっと聞き役に徹していた古橋さんは、私が一通り話し終わると、「だいたいわかりました」

と頷いた。

「あの、担任の先生はなんておっしゃっていましたか？」

「舞花さんの成績が落ちてきていることは気にされていましたが、特に問題があるような行動はないとおっしゃっていました。五年生ぐらいの女の子は成長にばらつきがあって、大人びてくると、なにかに参加するのを面倒くさがるようになる場合があります。ほかにも舞花さんのような冷めた態度をとる生徒はいるので、先生も注意して見てはいなかったようです。それから、五年生のαクラスにいじめの兆候はないそうです。αクラスの子たちは忙しくて他人にかまっていられないからでしょうか、いまのところほかの学年でもいじめはほとんどありません。むしろ、女の子ばかりのＡクラスのほうが、友人関係がこじれていたりします」

「なるほど」

私は、つついていたしらすのパスタを口に入れた。喋っていたので、すっかりパスタが伸びてしまっている。

「私も、舞花さんと話をしてみますね。カウンセリングとなると嫌がるかもしれませんので、最初は気軽な感じで話しかけてみます。そうですね、今月の勉強合宿に私も行くので、そのときがいいですね。あまり急いで動くより、少し時間をかけて様子を見ましょうか」

「軽井沢《かるいざわ》の勉強合宿ですか。あれ、私も広報として同行します。テレビ毎朝の取材も入るので」

「では、ご一緒になりますね」古橋さんが穏やかに微笑む。

線の細い印象の古橋さんが、とても頼りがいがあるように思えてきた。

その日の午後は、ホームページとSNSの更新などに時間を費やした。学校説明会と公開授業以降、メールでの問い合わせも多い。不明な点は先生方に聞いたりして、それらにもひとつひとつ丁寧に返信する。小学校受験案内の冊子に掲載する原稿もチェックした。

全校児童が下校したのち、勉強合宿の打ち合わせ会議が開かれた。帰宅が遅くなるのは不本意だが、私も参加せざるを得なかった。

軽井沢で行われる「勉強合宿」とは、本来「夏期学校」と呼んでいる。夏休みに四年生と五年生の児童全員が行く必須行事だ。αクラスについては学習の時間がかなりあるので、いつの間にか児童や先生方、保護者の間で「勉強合宿」と呼ばれるようになったらしい。副校長の肝いりで、スケジュールは副校長がほとんど決めているという。

もちろんAクラスの子も一緒に行くが、彼女たちのスケジュールは少しゆるいようだ。

会議の冒頭、副校長が、ああそうだ、と発言した。

「神林勇気君だけどね。算数オリンピックの全国大会前だけど、勉強合宿には参加してくれるらしい。よかった、よかった。神林君は神経質になっているから、気をつけて見守ってください。お母様も同行しますから、問題はないはずですがね。それから、今年も昨年同様有志のお母様方が何人か手伝いに来てくれるそうです。助かりますね」

副校長が「はあとるーむ」に忘れていた眼鏡をかけているのを見て、いったい副校長にはどんな悩みがあるのだろうかと思った。いつも自分の考えを譲らない様子からして、悩みを持つような心の弱さは想像できない。

私の隣に座る古橋さんは、副校長を見やることもなく、淡々とした表情で手元のレジュメをめくっていた。そこにはスケジュールや持ち物リストなどが書かれている。

会議はどんどん進んでいった。細かい学習内容、クラスごとの課題、山登りのコースなどを確認していく。

「で、この合宿も学校のピーアールになるので、しっかり見て、記録して、ホームページに載せてください、小川さん。テレビのほうもよろしく頼むよ」

副校長から振られ、慌てて「はい」と答えた。

「じゃあ、これで」

副校長の言葉で会議が終了したと判断して、職員の多くが腰をあげた。

「佐々木副校長、わたくし、ちょっと気になることがございますの」

校長様の発言に、立ち上がった人たちはまた椅子に座り直す。

「なんでしょうか」

眼鏡のつるに手を添えて、副校長が挑戦的な眼差しを校長様に向けた。

「このスケジュールですとね、αクラスのお祈りのお時間が少なすぎやしませんか。せっかくみなさんでお泊まりするのですから、落ち着いてお祈りする時間をもっと作っていただきたいのです。それに、カトリックの教義のお話も、もう少し増やしてもいいのではないですか？」

しんと静まり返るなか、佐々木副校長が、咳払いをひとつした。

「それは、Aクラスだけでいいんじゃないですかね。これ以上αクラスの学習時間を減らすのは困りますね」

「ならば、朝の散歩の時間にわたくしがご一緒して、自然のなかでお祈りしたり、聖書や聖人のお話をしたりしましょう」校長様も引き下がらない。

「どうぞご自由に。では終わりにしましょう」

副校長は立ち上がって席を離れた。


会議が終わり、急いで戻ったが、祐介はすでに家にいた。祐介は商社にしては比較的早く帰宅できる部署にいるのだ。

「香織、残業けっこうあるじゃん。飯、どうすんの。俺もいま帰ったばっかりだからさ」不満そうな顔になっている。

「ごめん、ごめん」

私はキッチンに行って冷蔵庫内を探った。幸い冷凍してあるパスタソースを見つけた。

「ミートソースのパスタならすぐできるよ」

「なんでもいいよ。腹減ったー」

私は急いでパスタを茹で、ソースを温めた。あり合わせの野菜でサラダも作る。

テーブルセッティングをしながら、そういえば今日は昼もパスタだったことを思い出す。

出来上がったパスタを向かい合って食べていても、祐介の機嫌が悪そうなので、あまり話しかけないでおいた。つけっぱなしのテレビの音だけが部屋に響く。

しばらくして祐介が、そうだ、と沈黙を破った。その声が明るかったのでほっとする。

「そろそろ夏休みいつ取るか考えなきゃと思ったんだけどさ。香織の勤め先は小学校だから、終業式から新学期始まるまで、ずっと休みでしょ」

「あー、うん、それなんだけど」

「だけど、なに?」

「実は……一学期の終業式が終わったらすぐに夏期学校があって、私もついていかなくちゃならなくて……」

私の声は自ずと小さくなってしまう。家を空けるうしろめたさから勉強合宿のことを祐介に伝えるタイミングを見計らっているうちに、いまになってしまった。

「なんだよ、それ。聞いてないよ? 何泊?」

「えっと……」顔色を見ながら、「三泊四日」と答えた。

「三泊って、そんなにかよ。なげーな。泊まりがあるなんて、前の仕事と同じじゃん。また俺ひとりかよ」

「ごめんね」

「いいよ、その間、俺、実家に帰るから」

そう言うと祐介はパスタが残った皿を持って立ち上がり、キッチンに下げたのだった。

夏休み

1

明け方からあいにくの雨だった。梅雨はいまだあけていないが、生ぬるい湿度は着実に夏の訪れを感じさせる。

朝七時半、四年生と五年生百人あまりの児童が体育館に集合した。白いポロシャツと長ズボンという服装だ。職員も似たような格好だが、平井校長様と四年生のAクラスの担任のシスター雨宮《あめみや》だけはいつもの修道服である。

児童が背負う学校指定の紺色のリュックサックに詰め込まれた荷物には、問題集やノートといった重量のあるものも含まれているのだろう。リュックの紐バンドが肩に食い込み、身体が後ろに引っ張られるような姿勢になってしまっている児童も何人か目に付いた。

これから三泊四日、勉強あり、山登りありの盛りだくさんなプログラムを児童たちはこなす。勉強合宿は保護者には好評だが、子どもたちにとっては過酷そうだ。

点呼が済むと、佐々木副校長が前に出て勉強合宿における注意点などを話した。学校の行事なのだから遊びではない、くれぐれも浮かれないようにと釘をさしていた。そののち平井校長様の主導で手を合わせて目を閉じ、みんなで祈りを捧げた。

合宿が実りある時間になりますように。

お天気に恵まれますように。

祈りを終え、各クラス分かれてバスに乗る。時刻は午前八時きっかりだった。私は舞花のことが気にかかっていたので、五年生のαクラスのバスに乗車させてもらい、古橋さんと一緒に前方の席に着く。

バスの中は冷房が効き過ぎていたため、カーディガンを羽織った。雨が、窓を叩きつけるように降っている。台風まではいかないが、低気圧が暴れているらしい。

等々力を出発し、高速道路に入った。ちょうど混み始める時間にあたり、バスの進みは遅い。車窓からは、密集した家々と隙間なく列をなす車が見える。灰色がかり煙《けぶ》った面白みのない風景と鬱々とした空気は私を落ち込ませていく。

あまり目立たぬように昨日のうちに荷造りをして、そっと家を出ようとしたが、祐介は気配に気づいて起きてしまった。表情は冷たく、ポロシャツにジーンズ姿の私を一瞥して、「軽井沢ねえ……」と呟いた。

軽井沢は私と祐介にとって想い出深い場所だ。

結婚前に祐介の両親と軽井沢に行った日も車が混んでいたのを憶えている。舅がセダンを運転し、助手席には姑がいた。私はこのとき初めて祐介の両親と引き合わされたのだが、それがいきなりの一泊旅行だった。

付き合っている人と結婚したいので紹介すると祐介は説明したようだ。車中で姑から根掘り葉掘り尋問のように出身校や家族のことを訊かれた。革張りシートで座り心地がいいはずなのに、その革の匂いが鼻について、呼吸さえままならない窮屈さを道すがら感じていた。

聖アンジェラ学園の名前を出すと、姑が鼻で笑ったように見えたのは気のせいではなかったと思う。下着を扱うメーカー「クレール」に勤めていることについては、「下着？　ブラジャーとかよね」と小馬鹿にするような言い方をしたことも絶対に忘れられない。

軽井沢では姑の兄が所有する別荘に泊まった。部屋は祐介と別で、ひとりで個室を使わせてもらった。先代から所有しているという別荘の建物は古かったが手入れが行き届き、客室が三つもある立派なものだった。リビングには本物の薪の暖炉があった。

敷地も広く、翌日の昼に姑の親族一同が集まって毎年恒例だというバーベキューが別荘の庭で開かれた。

よそ者の私は、当然ながら居心地が悪かった。こういうセレブな人種が本当に存在するのだということにも驚き、庶民の自分には縁のない世界だと思った。

姑は、親族に私を紹介するのに、アメリカの高校を出たことと、慶應大学の卒業生だということを強調していた。その部分をもってして私を受け入れようとしているのだと感じた。紹介された親族のうちの女性のほとんどが姑と同じお嬢さん学校出身だということをいちいち姑が教えてくれた。

「祐介の子どもも、女の子だったら入れないとね」

「本当はお嫁さんも卒業生が良かったんだけど……」

そんなことを言われても、私は感情が表に出ないように、一生懸命自分で自分をなだめていた。

夜は万平《まんぺい》ホテルのダイニングに行き、祐介の両親と向かい合って食事をしたが、舅は朗らかで感じがよかったのにもかかわらず、姑は見るからに不機嫌で、終始私を品定めする姿勢を崩さなかった。私は何を食べたかもよく覚えていないぐらいに緊張した。格調高いインテリアの様子もほとんど記憶にない。

祐介は母親の態度を別段気に留めることはなく、むしろ浮かれているように見えた。

「香織はすごく仕事ができるんだ」

「しっかりしているのに性格が穏やかでね」

祐介は私を褒めちぎった。それが余計に姑の機嫌を損ねていることにはらはらした。私は謙遜して、祐介さんこそ、とすかさず言葉を重ねた。

「優秀なのに気さくで、育ちの良さを感じます」

「ご両親にお会いして、祐介さんが素晴らしい人である理由を納得しました」

歯の浮くような言葉で持ち上げたら、姑が嬉しそうに微笑んだ。私は姑に気に入られようと必死に笑顔を作り、所作にも細心の注意を払ったのだった。

姑のことを考えるのは憂鬱だ。どうにも住む世界が違いすぎて、そしてそのことをこちらに意図的に見せつけてくるようにも感じるので、苦手なのだ。向こうだって、こんな庶民的な嫁をもらったことが不本意なのは間違いない。

祐介は今晩、横浜の実家に帰って姑の手料理を食べるのだろう。嬉々として祐介の好物をそろえる姑の姿が容易に目に浮かぶ。そして祐介も、母親の味噌汁の味を堪能するはずだ。

新婚の頃、姑が土曜日に突然訪ねてきたことがある。

「うちは昔からこのお味噌なのよ」

保存袋に入った味噌を差し出された。それは信州味噌で、デパートで購入しているそうだ。以来、私も味噌はそこの店のものを使っているが、祐介は「いまひとつ、うちの味噌汁の味と違うんだよなあ。出汁《だし》かな」と言う。悪気がないとわかっていても、私はその言葉にうっすらと傷ついてしまう。

窓の雨粒を見つめていると、隣に座る古橋さんが、ひとつどうぞ、と飴をくれた。

「軽井沢までは、時間がかかりそうですね」私は飴を口に入れた。

黒みつ味が優しく、蘇った苦い思いが薄まっていく。

「高速が動き始めるといいんですけど……」

答えた古橋さんの首元には今日もおメダイがある。私も自分のおメダイに手を当てる。

留学して最初の頃、猛烈な疎外感を味わった。あのときこのおメダイにずいぶん励まされた。

しばらく古橋さんとたわいもない話を交わすうちに、ふと舞花のことが気になり、中腰で席を立ち、後ろを向いた。舞花が隣の友達と話しながら楽しそうに笑い合っているのを見て、ひとまず安心する。

「お母様方も合宿に参加するなんて、熱心なんですね。しょっちゅう学校に来ているのも見かけますし。いつもあんな感じですか？」私は古橋さんに尋ねた。

「アンジェラの初等部は、母親が手伝うことが多いんですよね。十二月のバザーなんかは、それは大変そうですよ。行事のお手伝いも頻繁にありますしね」

「働いている母親は少ないんでしょうか？」

「フルタイムの方は少ないかもしれませんね。ＰＴＡの役員やクラス役員はかなりハードみたいですから、フルタイムだと厳しいと思います。役員は六年間のうち、必ずやらないといけないし、やらなかった場合、卒業アルバムを制作する係を請け負うようで、それも煩雑で大変な作業みたいです」

公立小学校のＰＴＡが厄介だという噂は耳にしていたが、私立小学校もそんなに負担が大きいとは意外だった。

「私立なのに、そんなに大変なんですか？」

「学校によりますよね。アンジェラは小さな小学校で保護者も少ないというのもあって、母親の出番が多いのだと思います。そのおかげで、お母様同士、かなり仲良くなるみたいですね。まあ、揉め事もありますけどね。お母様によっては、子どもが卒業して学校に関わることが減り、喪失感を持つ方もいたりして。それ、アンジェラロス、って言われてるんだそうです」

「アンジェラロス……」

「はい、お母様方、それは一生懸命ですからね。中学受験があるとなおさら燃え尽き症候群みたいになる場合もあるようです。お母様同士で絆が深まって、卒業後も仲良くしているグループも結構いるみたいです」

聖アンジェラ学園初等部は、私が通っていた頃とは雰囲気がずいぶん変わってしまい、驚くことが多い。熱心な母親がいたかどうかについても、記憶にない。自分の母親のことを思い出しても、あの頃、あまり学校に関わっていなかったような気がする。

母親が絡むと面倒な事が増えそうだ。姉も「『ママ』たちには気をつけたほうがいい」と言っていた。

私は、雨粒に雲る窓の外に目をやった。

昨晩は祐介のことが気に掛かり、ほとんど睡眠が取れず、寝不足だった。児童たちのざわざわした話し声が子守唄となり、適度なバスの揺れも手伝って、いつしか眠りに落ちていった。

目が覚めて気づくとバスは高速道路をすいすいと走っていた。混雑もなく道路状況は良好のようだ。スマートフォンの時刻を見ると、出発して二時間半が過ぎていた。

児童たちは、クラス全体でクイズを出し合い盛り上がっていた。地理の問題で、都道府県名と県庁所在地を答えるというものだ。

日本の地理に疎い私などはほとんど答えられそうにないのに、次々に手を挙げる子どもたちに感心した。舞花が「滋賀県、大津《おおつ》」と答えたのを見て、クイズに参加していることに安堵する。

「こんなときでもお勉強っぽいことをするんですね」ふたたび古橋さんに話しかけた。

「ゲーム感覚だとは思いますけどね。αクラスの子は、合宿中だけでなく、こういう感じで普段も知識を披露し合っているのをよく見かけますよ」

クイズは軽井沢の宿泊施設に着くまで延々と続いた。地理に限らず理科やことわざの問題なども出された。そのほとんどに即答する児童たちの知識の豊富さに、私は驚くばかりだった。

2

到着した宿泊施設は、軽井沢といっても実際は中軽井沢にある聖アンジェラ学園所有の施設で、中等部と高等部のクラブ活動の合宿などにも使われている。私が在学中に訪れた記憶がないのは、この施設を購入したのがつい数年前だからだ。

バスを降りると雨は小降りになっていた。東京とは明らかに違う、そのひんやりとした空気で、標高が高いことを肌身で感じる。カーディガンを羽織っていてちょうどいいぐらいの温度だ。

木造二階建ての施設は、うっそうとした林を背にしている。築年数もかなり経っていると思われた。

「昔の建物なので、冷房がないんですよね。来年改装してクーラーを取り付ける予定だそうですが、最近は軽井沢でも真夏はクーラーがないと、きつい日があるみたいですね。だから、本格的な夏が来る前に勉強合宿のスケジュールを組んでいるんです。それにいまの時期だと公立小学校はまだ学校があって、学習塾の夏期講習も始まっていないので、重ならなくて都合がいいようです。夏期講習があると、泊まりの行事を辞退する児童が必ず出ますから」

古橋さんが教えてくれる。なるほどいまのところは涼しくて冷房がなくても大丈夫そうだ。雨なので湿気はあるが、東京と違ってきりっとした湿り気で、気持ちが引き締まる感じがする。

児童たちは部屋割りに従って、各部屋に荷物を収めにいった。昼食までは自由時間となっている。

私も自分の部屋に行った。四人部屋の和室を古橋さんとふたりで使わせてもらう。職員は先生同士、シスター同士で、手伝いに参加した母親たちは母親同士で部屋が割り当てられていた。とすると、我々は臨時職員同士ということだろうか。

キャリーバッグから学校所有のデジタルカメラとビデオカメラを取り出した。九月の入試説明会で流すDVDを作成することになっているのだが、この勉強合宿、つまり夏期学校の様子も入れたいと副校長に言われている。だから、私は今回、撮影要員でもあった。さらに、テレビ毎朝の角谷と堀も明日ここに撮影に来るので、そのアテンドも任されている。

機器類の作動がうまくいくかなどを私がチェックしている間、古橋さんはノートになにか記入していた。目が合うと、古橋さんはボールペンを持つ手の動きを止めた。

「あ、うるさかったですか？」

私が訊くと、古橋さんは首を軽く横に振った。

「いいえ、お気になさらずに、続けてください。なにか気づいたことがあった場合、細かく記録しているんです。舞花さん、バスのなかで明るい表情だったので、そのことを記しておこうと思って」

「私も舞花の様子を見て、ちょっと安心しました」

「まだ油断はできませんけど、よかったですよね」

そう言って古橋さんは書き物を再開した。


食堂で昼食をとる前に、祈りの時間があった。校長様がコツコツと机を指輪で叩くと、たちまちその場が静まり返る。そして、校長様に従ってみんなが手を合わせた。

外はしとしとと雨が降り続いていたので、予定されていた施設周辺への散歩もままならず、午後はずっと学習の時間に充てられた。食堂や集会室に分かれて各先生がつき、課題をこなしていく。といってもそれは受験クラスであるαクラスの場合で、普通クラスであるAクラスは静かにしているなら、何をしても良かった。持参した宿題をやってもいいし、図書室の本を読むことも許された。部屋で遊んでいても構わないということだ。

私は古橋さんとともに、食堂に行った。そこには手伝いに参加した母親が十名いた。みんなが手作り、あるいは有名店で買ってきたお菓子や果物などを持ってきていた。彼女たちは学習時間に紅茶を淹れて、児童や先生にかいがいしく茶菓を振舞った。撮影をしている私や、古橋さんにも分けてくれる。

リーダーシップをとっている女性が目につくと思ったら、神林勇気君の母親だった。

よく観察してみると、彼女はほかの母親から一目置かれているようで、みんな彼女に気を使っている。どうやら、彼女はボスママのようだ。子どもの成績が親のヒエラルキーにまで影響を及ぼしているのだろうか。年上だというのもあるのだろうか。

「神林さん、これはどうしましょう」周りの母親たちが、しきりに指示を仰いでいる。

「あ、そのお菓子は校長様に」

神林君の母親は、当然のように指図する。

副校長さえも、揉み手をせんばかりに、声をかけている。

「神林さん、いつもありがとうございますね」にやけた顔で媚びていた。

古橋さんが、「神林さん、学校に対して、強気なんですよ」と私の耳元に囁いた。

「『勇気を転校させても構わないんですよ』ってすぐに口にするから、副校長も腰が低くなっているんです」

私の視線に気づいた神林君の母親が、つかつかと近寄ってきた。

気圧《けお》された私は、身体を思わず引いてしまう。

「いまお化粧を直すので、私たちの手伝っている様子もちゃんと撮ってくださいね」命令口調で言ってくる。

「そうそう」副校長までもが頭に手を当てながら、近づいてくる。

「お母様たちも撮らないと。せっかく手伝ってくれてるんだから。小川さん、綺麗に撮るようにね」

「わかりました」

私は神林君の母親とほかの母親たちがファンデーションを塗り直し、口紅をひくのを待ってカメラを回した。結果、思い切り不自然なカメラ目線のものになってしまったので、この部分はDVDには入れないようにしようと思う。明日のテレビの撮影でも、母親がかいがいしく手伝うシーンはできれば端折《はしょ》ってほしいものだ。

児童が食堂や集会室で熱心に勉強する姿や、図書室で静かに本を読む姿をまんべんなくカメラに収めると、手持ち無沙汰になり、自分の部屋に戻った。

古橋さんは部屋にいなかった。私は座布団を枕に手足を伸ばして寝っ転がり、スマートフォンの着信を確認する。誰からもどこからも連絡はなかったので、祐介あてに「無事に着いたよ」とラインを送った。可愛らしいパンダのスタンプもその後に続ける。

ちょうど昼休みの時間だったのだろうか、すぐに返信が来たが、親指をたてている男の子の絵柄のスタンプが送り返されただけで、メッセージの文字はなかった。

スマートフォンの画面から視線を外し、目を閉じる。

これは、祐介の気分を害してまでしなくてはならない仕事なのだろうか。

いや、いまは考えるのをよそう。舞花のこともあるし、祐介のことはちょっと横に置いておこうと思った。

子どものはつらつとしたエネルギーというのは実に強烈だ。こちらにまで伝染して、自分まで若返り、元気になっていくような気がする。

私はここでの滞在を楽しむようになってきた。舞花も特に問題があるような行動を見せなかったし、児童たちも秩序正しく生活している。

3

二日目も三日目も雨は止まず、宿泊施設にこもっていた。たっぷりの学習時間に校長様のカトリック教義と祈りの時間、レクリエーション的なゲームなどで過ぎていく。児童が披露した劇が案外面白くて、喝采の拍手を送った。お笑い芸人の真似をする男の子に笑い転げた。問題児とされる神林君も母親がいるせいか、素直に指示に従い、熱心に学習していた。そんな子どもたちの様子は、二日目に来た角谷と堀が撮影し、帰り際、「いい映像《え》が撮れました」と言ってくれた。

校長様、副校長、双方が満足できて良かったと思う。それは私だけでなく、こちらに来た職員みんなが感じているに違いない。ふたりが食事中に雑談を交わす場面すらあって、勉強合宿の雰囲気は和やかだった。

三日目、昼食のカレーを食べていると、「そういえば舞花さんのことですが」と古橋さんが話し始めた。

「午後の学習の合間に、舞花さんとふたりで話します。午前中に、『お勉強の調子はどうですか。

なんでもいいのでお話したいことがあったら、言ってくださいね』とさりげなく声をかけてみたんです。そうしたら、舞花さんは、なにか話したそうな感じでした。なので、思い切って面談の時間を提案したら、舞花さんは嫌がることなく承諾してくれました。成績が落ちていることを、本人もかなり気にしているようです」

私は、よろしくお願いします、と頭を下げる。

「こちらからは、そんなに詳しく質問はしないつもりです。舞花さんの話を聴くことを優先しますね。ふたりで話した内容については、小川さんに全部はお伝えしないかもしれませんが、できる限りの報告はしますので、ご心配なさらずに」

ずっとくすぶっていた気がかりなことが、解決に向かうかもしれないと思うとありがたい。さすが古橋さんだ。私は「お願いします」と繰り返していた。

待っていると、時間はどうしてこうも長く感じるのだろうか。

スマートフォンの画面を何度も見たが、時刻表示の数字はちっとも進んでいかなかった。

舞花はどんな話を古橋さんにしているのか。

なんでも正直に言っているだろうか。

悩み事は、やはり母親とか弟のことなのか。それらは解決可能なことなのだろうか。

うろうろと歩き回っていると、古橋さんが部屋に戻ってきた。

慌てて畳に正座する私を見て、古橋さんがどうぞお楽にと、しっとりとした声で言った。

「どうでしたか?」待ちきれずに訊いた。

古橋さんも、私に向かい合うような形で正座になる。

「この学校に来て、児童と接していて思うことは、みんな本当に親思いだなってことなんです。自分が苦しくても、親が、特に母親が喜ぶから頑張る、そういう子が多いですね」

「舞花は、母親の関心をひきたいんでしょうか」

「最初に舞花さんから出た言葉は、疲れる、だったんですけど」

「疲れる、ですか」

「ええ、ずーっと勉強ばっかりで、疲れる、って」

私は胸がきりきりと痛くなってきた。舞花は相当参っている。

「たぶん、成績や点数だけに目が向いて、舞花さんが必死にもがいて頑張っていることをお母様や周りの方があまり評価してあげていないのでしょう。それは、受験生の親御さんにはありがちなことです。それでも舞花さんは、『疲れているけど頑張らなきゃ』って言ってました。健気ですね。切ないです」

古橋さんが目を伏せて、考え込むような素振りになる。

「弟の海斗のことは、なにか言ってましたか?」

「いいえ、弟さんのことはなにも」古橋さんは顔をあげた。

「いまは少し気力がないけど、すぐにやる気は出せるって、舞花さんはちゃんと自己分析していました。いままでの自分はちょっとダメだったけど、お母さんを悲しませたくないから、これからはちゃんとするって」

「そんなことを言ったんですか」

舞花はそこまで姉のことを思っているのか。

「舞花さんは、とても賢いお子さんですね。五年生とは思えないです。大人です」

「友達のシャープペンシルを盗んだことについては、どうしたらいいでしょうか」

「たぶん舞花さんは自分でも反省していると思います。だから自分はダメだったって言ったんじゃないでしょうか」

「あの、私にできることはありますか？」

「舞花さんのお母様に、舞花さんが学校でどれだけ頑張っているかを伝えてあげてください。成績に結びつかなくても一生懸命やっていることがとても評価されているとか、そういう伝え方をしてあげてください。お母様の舞花さんを見る目が変わるように、大げさに褒めて」

「わかりました。そうします」

「そして、小川さんも、舞花さんに直接、言葉に出してしっかり褒めてあげてください。勉強以外のことでもいいんです。ありのままを認めてあげるっていう態度を示してあげてください。些《さ》細《さい》なことでもいいですから。高学年になっても、褒められるとやっぱり嬉しいものなんですよ。自信がないときは特に。多少わざとらしくてもいいですから」

「私から見ても、どうしても舞花の母親は、勉強のことばかり口にしてしまっています。弟と比べて責めたりとか……。私が協力してあげられるのなら、そうしたいです。とにかく、褒めてみますね」

「舞花さんには、小川さんのような叔母さんがいて幸せですね。大丈夫ですよ、きっと」

そう言った古橋さんの表情がどことなく暗い。うつむき加減で、なにか引っ掛かっていることでもあるかのような顔だ。

「もしかして、舞花には、ほかにも気になることがあるんですか？」

「舞花さんのご家庭、お父様が単身赴任でほとんどいらっしゃらないでしょう。だから人並み以上に舞花さんがお母様に対して心配かけちゃいけないって考えているんだと思うんです。それって、母子家庭の私の娘もそうなんだろうな。いえ、いまはそうでなくても、そういう気持ちを持つ可能性があるんだろうなって、舞花さんの話を聞きながら考えていたんです。父親がいないってことで、ほかの子よりもどうしても大人にならざるを得ない、成長が早くなってしまう部分があるのかもしれないと思うと、娘が少し不憫《ふびん》に思えてきたりします。私のせいで、無邪気な子ども時代が短くなるのかと……」

「いつまでたっても親に甘えている子どもっぽい大人になるより、よっぽど立派に育つと思いますよ」

祐介の顔を思い浮かべながら自信を持って断言すると、古橋さんの表情が、柔らかくなった。一緒に寝泊まりして少し心を開いてくれたのか、古橋さんがシングルマザーであることや本音を吐露してくれて嬉しい。

「明日、天気が回復したら、東京に帰る前の午前中に、山登りをする予定みたいです。その際に機会を見つけて、小川さんも舞花さんとお話してあげてください。心が弱っているときは、無条件に応援してくれる味方がいることがとても心強いはずです。子どもは、味方が多ければ多いほど、自信と誇りを持つことができますしね」

古橋さんは、いつもの落ち着いた表情に戻っていた。

4

標高があるだけに、やはり夜はかなり冷え込む。半袖のTシャツとくるぶし丈のジャージパンツをパジャマがわりにして寝ているが、この格好では少し肌寒かった。私は掛け布団を引っ張り上げて、肩が出ないようにした。

布団に入ってもいっこうに眠気はやってこず、明日は山登りがあるのだから寝なければと思えば思うほど、目が冴えていく。古橋さんの規則正しい寝息も私の焦りを増長させた。

かすかに雨音も聞こえてくる。このまま降り続くと山登りは中止になるかもしれない。ならば無理に寝なくてもいいだろう。帰りのバスで睡眠をとればいい。

私は開き直って起き上がり、布団の上にあぐらをかいた。枕元のスマートフォンを確認するが、新しいメッセージはない。祐介からは一度の返信以来連絡がない事実を思うと、心の中にひんやりとしたものが広がっていく。そして、こちらからメッセージを送る気にもなれないのだった。

寒さもあいまって、身体にぶるっと震えが起きる。私は布団の上にたたんでおいたカーディガンを、ボタンをとめずに羽織った。

尿意を感じて立ち上がる。古橋さんの足元を、音を立てないようにして歩き、部屋を出た。廊下は灯りがついたままになっていた。スリッパを履いているので、どうしても足音が消せない。それでもなるべく音を立てないように、足を滑らすような歩き方でトイレまで行った。慎重に進むので、五メートル程度の距離がやけに遠く感じる。

用を済まして廊下に出ると、誰かが足音を忍ばせて近づいてくるのに気づいた。

ノーメークなので昼間の顔と違ってすぐにはわからなかったが、よく見ると神林君の母親だった。ピンクの花柄パジャマの上に私と同様カーディガンを重ねているが、ボタンはきちんと留めている。

彼女は私と目が合って一瞬たじろいだようだった。私が顎を軽く引いて会釈をすると、なにやら物言いたげな顔になった。

「どうかしましたか？」ささやき声で尋ねた。

「ええ、あの」

戸惑うような素振りを一瞬見せた神林君の母親は、なんでもありません、と私をまっすぐに見つめてきた。眉毛が薄いのに眼力が強くて迫力がある。

「息子の様子が気になって、見てきたんです。勇気は、寝相も悪いし、掛け布団を蹴飛ばす癖があるので」

そう言ってから、では、と足早に去っていった。音が立つのを気にしてか、スリッパを履いておらず、妙に分厚い靴下姿が印象に残った。

合宿に同行するだけでなく、夜中に子どもの部屋を覗きにいくなんて、ずいぶん心配性というか、過保護のようにも思える。

それとも、子どもがいない私には、子を想う母親の感情がわからないのだろうか。

自分の幼い頃をあれこれと思い返してみる。

私の母は、姉と私にそんなに献身的ではなかったと思う。父は通信会社勤めの転勤族で幼少時はよく引越しをした。母は転勤先で、パンフラワーだの、書道だのの習い事でいつも忙しそうだったし、ボランティアなどにも熱心だった。子どもにつきっきりという感じでもなく、干渉もそんなにされなかった。遠足の日の朝だって、友達の母親はみな集合場所まで付き添ってきたのに、私は姉に連れれて行かれた記憶がある。

現在も母は自分の趣味に忙しく、孫にもそれほど関心がない。お受験にも反対のようで、姉が母に頼ることができないのは気の毒だと思う。

一口に母親とくくっても、人それぞれ母親の装いは異なっている。

私の母はボタンをとめずにカーディガンをひっかけるような、母性を脱いだり着たりが容易なスタンスだったのかもしれない。

神林君の母親みたいに、きっちりとボタンをかけて、すぐには脱がない、脱ごうとしない、脱げない人もいるのだろう。

この合宿中に、舞花の様子を私に一度も尋ねてくることすらしない私の姉などは、母親という衣を裏表逆に着ているのではないだろうか。

自分はいったいどういった種類の母親になるのだろうか。子どものことは好きだけれど、それは犬や猫がかわいいというのに近い感情で、母性的な意味合いではないという自覚はある。こんな私でも自分のお腹をいためて子どもを産めば、ちゃんと母性を持つことができるのだろうか。部屋に戻ると、古橋さんは変わらずぐっすりと眠っていた。その寝顔を眺めながら、古橋さんはどんな母親なのだろうかと考えてみる。

きっとバランスが取れているのだろうと勝手に結論づけて、自分の布団に入った。クレールを辞めてから、ひとりで寝るのは初めてだ。布団のなかは、すっかり冷えてしまっている。私は自分を抱くように身体を丸めて、祐介の体温を思い出す。

「めばえスクール」を立ち上げた後、出張に出るようになった頃のことが蘇る。ホテルのシングルルームで過ごす夜は祐介のことを想い、どんなに仕事が楽しく充実していても、早く東京に戻りたくなった。それぐらい、祐介のぬくもりは、私にはなくてはならないものになっていて、それはいまも変わらないと思い知らされる。

いまごろ祐介は眠っているだろうか。ここと違って東京は蒸し暑いからエアコンをかけて寝付いたかもしれない。タオルケットを剝いでいないか、エアコンをつけっぱなしで風邪をひかないか、心配になってくる。

これでは、神林君の母親と一緒ではないか。

私は苦い気持ちになりつつも、祐介にラインメッセージを送ろうと、傍らのスマートフォンに手を伸ばした。

待てよ。心配には及ばないかもしれない。祐介は実家に泊まって、姑が夜中に布団を直しているる可能性もある。

母親の衣装を常に完璧にまとった姑。

姑のことを考えたらどうにも嫌な気分になってきて、スマートフォンを畳の上に放り投げた。畳にぶつかる音が案外大きくて自分でもびっくりする。慌てて古橋さんの方を向いたが、起きる気配をはなかった。

瞼のあたりまで掛け布団を勢いよく引っ張り上げる。足先が少し布団からはみ出たので、身体を横にして、海老のように丸くなる。

足元が冷たくなっていた。祐介は、冷え性の私の足先をいつも挟んで温めてくれる。いまここに祐介がいないことが寂しく、会いたくてたまらなくなった。

結局は祐介のことを考えてしまうことに呆れつつ目を閉じる。

自分の体温で布団が温まってきて、ようやく眠りの誘惑が訪れた。

5

翌朝、雨は止んだものの、あたりは霞がかっていて、すっきりしない天気だった。予報ではしだいに晴れてくるとのことだが、山道は明け方まで降り続いた雨の影響でぬかるんでいた。

朝食の席で、山登りの中止が副校長から児童たちに告げられた。

「やったあ」

声が出た男の子を筆頭に、児童のほとんどが笑顔、あるいはほっとした表情だ。

「とにかく、山登りみたいな体力を使うことを嫌がるんですよね」

古橋さんがパンにマーガリンを塗りつつ言った。

「午前中はどうするんでしょうか。せっかく自然のなかにいるのに、また聖書のお話とか、勉強に充てられるんでしょうか」

DVDを制作する私としては、大自然のなかでの夏期学校が、勉強と祈りの場面、レクリエーションのシーンだけというのも室内の様子ばかりで物足りないと思っていた。

そのとき神林君の母親が、どうぞ、と私にコーヒーを運んできてくれた。視線が合うと、意味ありげな目配せをしてくる。私は彼女の意図が汲み取れず、ありがとうございます、とだけ答えた。

どういうつもりであんな視線を寄こしたのかが気になってしまい、その後神林君の母親の姿を目で追ってみた。

彼女は教職員にコーヒーを、児童には紅茶を配るようにほかの母親に指示し、自らも動いていた。その後母親たちと固まって校長様や副校長のテーブルに視線をやりながら、こそこそと顔を寄せ合い話している。

私が母親たちを見ているのに気づいた古橋さんが、「ああいうの」と呟いた。

「しょっちゅうなんですよね。ああして集まってはあることないこと学校の噂。それに、勉強のこと、受験の情報、ほかの児童のことも、とにかくおしゃべりが好きみたいですね。そうやって不安を解消しているのかもしれませんけど」

「不安、ですか？」

「受験勉強をさせていることに、心の底では罪悪感があって、これでいいのか、という迷いからの不安、あるいは、単に子どもにやらせなければいけないことが多くて、常に急《せ》かされているような切迫感から来る不安ですね。ただでさえ子育てって『いましかない』『いまが大事』という言葉に追い詰められるんですよ。うまくやらなきゃ、うまくやれているかっていう心配もつきまとう。だから、同志であるお母さんたちが集まると、話が尽きない。悩みも相談できるし、共感もしあえるんでしょうね」

海斗の小学校受験の教室、藤森教室に行った際に遭遇した母親のことが思い出された。確かに彼女らもひっきりなしに喋っていた。聖アンジェラ学園初等部の母親たちは駆り出されて集まる機会も多いというから、そりゃあ話も弾むだろうと思う。

「いわゆる、ママ友、っていう仲間ですね。絆がすごく強そうですね」

「それが、そうでもなくて。仲がすごく良くなって、卒業してからも関係が続く母親同士もいるにはいますけど。案外、話をしている間だけの一瞬の結びつきに過ぎなかったりするんですよね。だからなおさら刹那《せつな》的におしゃべりが弾むってこともあって。受験クラスだと、ライバルでもあるし。特に同性の子どもを持つ母親同士は、複雑ですね。牽制もしあっていたり、大人気なく口きかなかったりとかもありますね。もともとの友達ってわけでもなく、あくまで子どもを介しての関係なんですけど、共通の話題で盛り上がり、目的が同じで辛いことを共有していると、絆が強固だと錯覚しがちなんです。けれど、実際は、ちょっとしたことで簡単に崩壊する、もろい間柄なんですね。子どもの成績で立ち位置も変わるんですよ。だから母親同士のグループでは、距離の取り方を間違えやすくて、トラブルがよく起こるんです」

「なんか、恐ろしく面倒くさそうですね……」

「母親業っていうのは、面倒くさいことの繰り返しですね」古橋さんの言葉には実感がこもっていた。


朝食が終わり、佐々木副校長が立ち上がって前に出て行くと、母親たちの集団は、さらに顔を近づけてささやきあった。中心にいる神林勇気君の母親にいたっては、眉間に皺を寄せて露骨に副校長を睨んでいる。さっきの目配せといい、いったいなにがあったのだろうか。

「ここを出発するまで、自由時間にします。この近くを散歩する人は、校長様と一緒に行ってください。食堂は、勉強したい人のための場所にします。もちろん、お部屋にいてもいいです。帰りに旧軽井沢の軽井沢銀座というところに立ち寄ることにしたので、持ってきたお小遣いでお土産などを買いましょう。ですから、予定より早くここを出ます。午前十一時までに荷物をまとめておいてください」

副校長の話が終わった途端に、児童たちがざわざわとおしゃべりを始め、その声が次第に大きくなり、かなり騒がしくなっていく。

最後の最後に楽しそうな時間を持てるのだから、児童たちがはしゃぐのも無理はないだろう。撮影する私としても、外での絵柄はＤＶＤの構成に不可欠なので助かった。

コツコツコツ。コツコツコツ。

指輪の音が響いてくる。

コツコツコツ。コツコツコツ。

食堂が静けさに支配されたところで、校長様が立ち上がった。後光がさしているかのように、神々しく見える。

「いつでもどんなときでも、神様は見ています」

ゆっくりと言葉を放ち、児童たちを見回した。

「自由な時間だから、先生方やお母様方が見ていないからいいだろうと、決まりを破るとか、悪い行いをしたところで、神様はお見通しですよ。そのことをいつも心に留めておいてください」

校長様は続けて聖書のエピソードを話し始める。

聖アンジェラ学園在籍時に繰り返し聞いた「常に神様が見ている」という言葉は、私の頭から離れなかった。米国に留学し、現地校の友人のパーティでマリファナを勧められたときも、この言葉が誘惑から守ってくれた。ネックレスにして肌身離さず身につけていたおメダイを握りしめて、いらない、とはっきり断ることができた。

会社に入ってまもない頃、慕っていた、指導係で既婚者の先輩にせまられた。気持ちが揺れたけれど、不倫はよくないです、ときっぱりとはねつけた。

大人になるとおメダイはもう身につけていなかったが、自分を俯瞰して見ている絶対的な存在をいつも感じていた。その存在は、自分自身なのか、神という得体の知れないものなのか、突き詰めて考えたことはない。しかし、罪を犯してはいけない、ごまかすことはできない、という意識は骨の髄まで染み込んでいる。これはひとえに聖アンジェラ学園で触れたカトリックの教え、倫理観の賜物だと思う。校長様ことシスターアグネスのおかげだと思う。

ほかの人はどうなのだろう。やはり私と同じような感覚を持っているのだろうか。

周りに視線をめぐらせると、古橋さんを始め教職員たちは静かに校長様の話を聞いていた。母親たちは校長様の言葉に反応してしきりに頷いている。

児童に目を向けると、舞花が頭を垂れていた。横顔しか見えないが、頬がこわばった険しい表情をしていて、私は気が気でなかった。


玄関ホールに集まった十名足らずの児童に向かって校長様はにっこりと微笑んだ。

「これからわたくしと一緒にお散歩に行きましょう。すばらしい自然のなかで、神様の存在を身近に感じることができますよ」

校長様は先立って外に出た。付き添いの大人は、校長様をのぞくと、私だけだった。

修道服にスニーカーという校長様の姿は、私が初等部五年生のときに行った森林公園への遠足を思い起こさせた。昼食のあと芝生でクラスのみんなと担任が交ざってフルーツバスケットをした。人一倍楽しそうだったのは担任のシスターアグネス、いまの平井校長様だった。

思わずふっと笑いが漏《も》れた。並んで歩いていた舞花が、かおちゃん、とこちらを仰ぎ見る。

「どうして笑ってるの？」

「校長様、張り切ってるなって思って」

林の方に向かう校長様の後ろ姿に目をやりつつ答えた。

「そうだね。あんなにずんずん先に行ってるもんね」

舞花は先ほど食堂で見せた暗い様子から比べるとずいぶんましだが、顔色はあまりよくないように見える。

「舞花、この合宿の間、よく勉強したよね。家に戻ったらすぐ夏期講習でしょ。私が小学校五年生の頃なんて、テレビばっかり見て、遊んでばっかりだった。怠け者の私は、舞花を尊敬しちゃうよ」

「中学受験があるから、当たり前だよ。成績も悪いし」

「当たり前じゃないよ。立派だと思う。ママはいつも成績のこと怒るかもしれないけど、ママだって、五年生ぐらいのときは少女漫画ばっかり読んで、勉強しなさいって、いっつも怒られてたんだよ」

今日もあえて、お母様でなく、ママ、という言葉を選ぶ。

「本当？」

「うん、ママには言っちゃダメだよ」

舞花は頷き、「あたしと同じだね」と言った。

「そうそう、自分ができないことを子どもには求めちゃうんだよ。それだけ舞花が大事で、期待しているってことだよ」

「海斗だけじゃなくて、あたしにも期待しているのかな？」

「そうだよ、怒るっていうのは期待しているからだし、ママ、舞花はすごく頑張った。偉かったって、小学校受験のときのことも言ってたよ」

舞花の表情は柔らかくなっていた。舞花のこういう顔が見たかったのだ。こうして自然な形で舞花と話せたのもよかった。

「舞花、これね」

私はその場で立ち止まった。舞花も私に倣う。

「私が高等部のころ、平井校長様からもらったおメダイなの。大学受験でもお守りとして持っていたし、いろいろと辛かったときにこれを握り締めると、力が湧いてきたんだ。舞花にあげるよ」

私はおメダイを自分の首から外して、舞花の首にかけてあげた。舞花は目を輝かせて、嬉しそうな顔になり、掌でおメダイを握り締めた。

「ねえ、かおちゃん」

なあに、と答えると、舞花の表情がふたたびこわばっている。

「本当に神様っているのかな。ずっとあたしのことを見ているのかな。悪いことをすると地獄に行くのかな」切羽詰まった様子で質問を重ねてくる。

「そうだね」私はひと呼吸置いてから続けた。

「神様はずっと見ていると思う。だけど、失敗は誰にでもあることだから、それですぐに地獄にはいかないはず。悪いことをしたときは、ちゃんと反省して謝れば、許してくれるのも神様だと思うよ」

「そうだよね、許してくれるよね」

舞花の顔がぱっと明るくなった。

「かおちゃん、おメダイありがとう。あたし、友達のとこに行くね」先を歩く友達の背中に向かって走っていく。

「ぬかるんでるから、気をつけて！」

私の声に振り向いた舞花の顔に、雲の切れ間から覗いた太陽が当たり、輝いて見える。

私はすがすがしい気分だった。デジタルカメラで周辺を撮影しながら、林を進んでいく。

奥に開けた場所があり、そこで輪になって、校長様が聖書の話を語る。最後には祈りを捧げた。みずみずしい草木の息吹を存分に感じながら手を合わせていると、前向きな気持ちになってくる。

ＤＶＤや写真の編集もうまくいき、九月の入試説明会は盛況、ホームページのアクセス数もあがる。そして入学志願者も昨年よりぐっと増える。つまり、聖アンジェラ学園初等部の広報は必ずうまくいく。

私は自信が湧いてきた。クレールで働いていた時分、プロジェクトが軌道に乗りかけたときの、あの目の前が開けていくような感覚が蘇る。

神様がすぐそこにいて、応援してくれているのではないかとすら思えてきた。私は祈りの文言を噛み締め、さらには、ありがとうございます、と、誰に向けるでもない感謝の言葉を念じたのだった。

6

軽井沢銀座のこの老舗《しにせ》ベーカリーに足を踏み入れたのはこれで二回目だ。この前は姑と一緒だった。

「ここのパン屋さんはね、東京店が私の母校に出入りしていたの。とっても美味しいのよ」

姑は得意げな様子で言うと、大量にパンを購入して、そのうちのひとつを私にもくれた。

「いまはここのパン、自由が丘とか、ミッドタウンでも買えるんだけど。この軽井沢限定の石窯パンはないのよね。これ、祐介も大好きで、絶品よ」

あとで石窯パンを食べてみた。美味しかったのは事実だが、そこまで絶賛するほどの味かどうかは、庶民の私にはわからない。

「ずっとそこにいらっしゃるけど」

古橋さんに軽く肩を叩かれて、我に返る。私は「軽井沢限定石窯パン」の前で立ち止まっていた。

「お土産でこのパンを買うかどうか迷ったんですが、止めときます。荷物にもなりますし」

「限定っていうと、つい心惹かれますよね」

古橋さんと私は、それぞれ自分の買った菓子パンとコーヒーを持ってイートインコーナーに座った。このベーカリーに入ろうと誘ってきたのは古橋さんだ。

「宿舎を出る前に、舞花さんが私に、『話したいことがある』って言ってきたんです。深刻な顔でした」

コーヒーに入れたミルクをかき混ぜながら、古橋さんが言った。

ちょうど口の中にパンを入れたばかりだった私は、ほとんど噛まずに急いで呑み込んだ。

「ほんとですか？　それで、何の話でしたか？」

喉のあたりがもそもそするのでコーヒーを口に流し込む。

「舞花さん、シャープペンシルを友達の筆箱からとったこと、打ち明けてくれました」

古橋さんはコーヒーを一口含んで続ける。

「私は、正直に話してくれたことを褒めました。そして新学期になったらシャープペンシルを私のところに持ってくるように言いました。私が落とし物として拾ったことにするので、この話は私と舞花さんだけの間のことにしましょうと伝えたら、舞花さんはとても安心したようでした」

「本当にありがとう」

感極まって、無意識に敬語が吹っ飛んでいた。

「いえ、いいんです、小川さん。舞花さんにとってこれが最善の方法かどうかはわかりませんが、ことを荒立てるよりは。より傷つく人が少ない解決方法だと思います」

私は、「ありがとうございます」と言い直した。

「舞花は、ずっと気に病んでいたことが解消できて、すっきりしたはずです。きっと軽井沢銀座での買い物も楽しんでいると思います。私、このあと、様子を見がてら、グループごとに行動している子どもたちを撮影してきますね」

私は、はやる気持ちでパンを口に詰め込み、それをコーヒーで流し込んだ。

7

帰りのバスに乗ってまもなく祐介に連絡したら、今日は早く帰るとの返信がすぐに来た。気が抜けた私はその後の車中ずっと眠っていた。

家に戻り、すぐに荷物を片付けた。これまでも出張があるたびにキャリーバッグが祐介の目に付かないように配慮して、すぐにクローゼットにしまっていた。堂々とできない自分がもどかしく思えたが、仕方ない。ふたりの間の空気が悪くなるのは避けたかった。

夕飯の支度をするには早すぎる時間だし、祐介の帰宅まで二時間以上あったので、記憶が鮮明なうちにホームページに載せる勉強合宿の記事を作っておこうと思った。

ダイニングテーブルにノートパソコンを持ってきて、作業を始めた。ホームページ宛に五件のメールが届いていたので、まずはそれをチェックする。

最近のメールは、公開授業での神林君の態度についてのクレームや質問がようやく一段落して、一般的な問い合わせ、つまり、授業のカリキュラムや行事、入試の問い合わせが多かった。小学校受験に臨む保護者が、十月の願書提出前に学校選択の最終段階に入っているようだ。

四件メールを返信し、最後のメールを開く。タイトルは「副校長のこと」とある。なんとなく違和感を持ちつつ、本文に目を通す。

「御校の佐々木副校長がロリコンだということがインターネットの掲示板に書かれていました。六月の学校説明会に参加し、御校を志望校として考えていたのに、とてもショックでした。この件についてきちんと説明、あるいは釈明していただけないでしょうか。真偽が知りたいです。ネットの噂が本当なら、とんでもないことです。佐々木副校長を即刻辞めさせるべきです」

そのあとに、URLが貼ってある。

こうしたことはクレールでも経験している。ライバル会社なのか、個人的にクレールに恨みを持っている一般人なのかはわからないが、まったくの作り話をインターネット上に流された。「百貨店の子ども服売り場にあるティーンズ向けランジェリーショップ『クレールジュニア』の試着室に隠しカメラがある。そのカメラで盗撮した映像をクレールの店員が外部に売って小金を稼いでいる」という内容だった。映像まで出回ったが、それは見るからに作り物で、撮影された場所もクレールジュニアの試着室ではないのは一目瞭然だった。

そんな経験があったため、ロリコン疑惑は作り話の可能性が高いと思ったが、副校長がターゲットになっていることがひっかかった。佐々木副校長、ロリコン、という二つの単語が結びつく。

古橋さんの机の上にある日菜子ちゃんの写真を、目を細めて眺める佐々木副校長の姿が瞼の奥に浮かんできたのだ。

不穏な兆しを感じ、URLをクリックした。私立小学校の評判を書き込むサイトだった。

佐々木副校長のロリコン疑惑はどういった類《たぐい》のもので、なぜ明るみに出たのだろうか。

事情を探るべく、「聖アンジェラ学園初等部」というスレッドを読み始めた。

多くの書き込みがなされていたので、だいぶ前に遡らないと詳しい事情はわからないが、とりあえず、流しながら文字を追っていく。

——気持ち悪い。副校長って、あの眼鏡オヤジ？

——そういえば、説明会でもいやらしそうに見えた

——変態ロリコンのいる小学校、終わってる

——やっぱり三流校は先生のレベルもそれなり

——こんな学校に大事な子どもを行かせられないでしょ

匿名ゆえに交わされる言葉の応酬が悪意に満ちていて、パソコンの画面からマイナスの気が発せられているかのようだ。もともとこういうサイトは苦手だ。仕事上で仕方なくとか、よっぽどの理由がない限り掲示板にアクセスすることもない。

世の中には悪口や中傷を書き込むことにかなりの時間を費やしている人間が一定数、しかもそ

う少なくない人数いることにうんざりする。
　インターネットの弊害は侮れない。風評だけでなく、プライバシーの問題もある。聖アンジェラ学園初等部では昨年、五年生の児童のものと思われるSNSが大問題になったと聞いている。制服姿のアップ、学校の出来事や友人と自分の顔写真、さらに自分のことを詳しく記してあって、しかもそれは誰でも見られるものだった。学校に発覚して以来、生徒にはブログやSNSに学校のことを匂わすような記事をいっさい書かないように指導しているという。初等部だけでなく、中等部と高等部にも徹底して注意を促したということだった。
　無責任な書き込みは、人を著しく傷つける。こうして読んでいると、自分の母校であり、いまは勤務先でもある聖アンジェラ学園初等部が非難されているのは、自分自身が傷つけられているようにさえ思えてくる。
　それでも時系列をさかのぼって読み進めていくと、発端となった書き込みに行き着いた。投稿時間は、今日の午後四時すぎで、私が軽井沢から東京に戻っている間、ちょうど眠りこけていた頃だ。
――在校生の親だけど、この学校最低だよ。副校長がロリコン
――夏期学校で夜中、女子生徒の部屋を覗いてにやにやしているのを目撃
――キモすぎる。転校させるつもり
　この投稿は、軽井沢の勉強合宿に同行した母親のものに違いない。
　夜中、とあるのを見て、あ、と思い当たった。ひょっとすると神林君の母親ではないだろうか。

そうだ、彼女に間違いない。

トイレの前で会ったとき、なにか言いたげだったのは、このことだったのか。翌朝の目配せもきっと意味があったのだ。

勇気君が通う学校を貶《おとし》めたら、彼にとっても良くないのに、なぜこんなことをするのだろうか。サイトに書き込まないで、私に相談してくれればよかったのに。それともこちらから声をかけるべきだったのだろうか。

学校側も、保護者を勉強合宿の手伝いに参加させるからこういうことになるのだ。過干渉な親とは一線を画して学校の方針を貫くべきだと思う。勉強合宿の手伝いは、保護者側からの熱烈な要望で昨年から始まったというが、親の顔色を窺っているから面倒なことになるのだ。

インターネットを介した情報の拡散力は凄まじい。クレールで働いていた際にさんざんその被害を被った。現に、私がサイトを開いてから、書き込みもどんどん増えている。今後このサイトからネットの海に情報が泳ぎ出していくのは目に見えている。副校長が部屋を覗いたことが事実かどうかやロリコン疑惑の真偽にかかわらず、噂の流布は止められない。

それでも、いま、何をするべきか。私はめいっぱい頭を働かせる。

立ち上がってキッチンに行った。ティーバッグの紅茶でも淹れようとカップ一杯分だけの水を赤いケトルに注ぎ、ガスコンロの火を点ける。

湯が沸くのを待ちながら、頭を整理した。誰に連絡を取ったらいいのかを考えると、どうしても真っ先に当事者の副校長の顔が頭に浮かんできてしまう。それも、日菜子ちゃんの写真を眺めていたときの顔が。

そういえば、「はあとるーむ」に、副校長の眼鏡が置きっぱなしだったことを思い出した。あのとき古橋さんは、副校長もカウンセリングに来ていると認めていなかったか。もしかしたら副校長は本当にロリコンの気があって、古橋さんに相談していたのかもしれない。

いいや、それはおかしいだろう。ロリコンのような性癖って、スクールカウンセラーに相談するようなことなのだろうかと思う。とすると、ほかの深刻な相談事かもしれない。いずれにせよ古橋さんは、なにか事情を知っている可能性がある。守秘義務があって詳しく教えてくれないにしても、今回の件に関して、古橋さんが少しは助けになってくれるのではないか。

とにかく古橋さんに連絡して、事情を説明してみよう。

私はその場を離れてスマートフォンを取りにテーブルに戻った。

古橋さんの携帯番号とメールアドレスをスマートフォンの連絡先データから検索する。番号とアドレスは、「舞花さんのことでなにかあったらいつでも連絡してください」と古橋さんが教えてくれていた。

電話をかけようとした瞬間、インターホンが鳴った。

祐介だった。鍵を持っているのにこうしてインターホンを押すのは、私が家にいるか確かめたいからに違いない。

多少の煩わしさを感じつつ、スマートフォンを片手に玄関ドアを開ける。

「おかえり」笑顔を引っ張り出して顔に貼り付ける。

「香織もおかえりー。寂しかったよー」祐介は普段と変わらぬ笑顔だ。

実家に行っていたなら寂しくなかったのでは、と嫌味の一言でも言いたかったが、祐介の屈託のない朗らかな顔を見たら、そんな気持ちもすぐに治まった。

音を消した私のスマートフォンが震える。液晶画面には、「聖アンジェラ学園」の文字が表示されていた。初等部の職員室直通電話だ。

「学校からみたい」私は祐介の顔を窺う。

「出たらいいじゃん」

祐介は表情を硬くして私から目をそらし、廊下を歩いていった。

私は玄関にとどまり、祐介の背中を見ながら、「はい、小川です」と電話に出る。

「小川さん、すぐにこちらにいらしていただけないかしら」平井校長様の声だ。

「これからですか？」

祐介に聞こえないようにと口元を掌で覆い、声を落とした。

「ええ、実は、ちょっと困ったことになりましてね。内々でご相談したいのです」

「あの、もしかして、佐々木副校長のことですか？」

「あら、もうご存じなの？」

「はい、ホームページにメールが来ていました」

「軽井沢から戻りましたらね、学校の電話が鳴りっぱなしで。留守番電話を回していますが、修道院にまでかかってきたので、私が電話口に出ました。そうしましたらね、小川さん、大変なことを聞きました。佐々木副校長が、なんですの、ロリコン？　というではないですか。合宿中の深夜に女子児童の部屋を覗いたとかで。電話口の方がいったいどういうことか説明しろって憤っていらっしゃいました。非通知でしたし、名乗りもしませんでしたが、在校生のお父様だとおっしゃっていました。なにやら、インターネットにそのようなことが書かれているらしいですね」

「そうなんです。私もインターネットのサイトに書き込みがあるのは確認しました」

「困りましたね。どうしましょう」校長様は、ふぅーっと長い息を吐いた。

「佐々木副校長はそちらにいらっしゃるんですか？」

「それがですね。電話もメールも繋がらないし、ご自宅にもおいでにならないんです」

私は嫌な予感がしてきた。

「わかりました。すぐにうかがいます」

「お帰りになったばかりなのにごめんなさいね」

電話を切ってリビングに行くと、祐介が顔を歪めて睨むようにこちらを見た。電話の内容が聞こえてしまい、これから出かけることに腹を立てているのだろうか。三泊四日も家を空けたあとにまたすぐというのはタイミングが悪すぎる。

「ごめん。緊急事態が発生したから、これからどうしても学校に行かなくちゃならないの」

「あのさあ、キッチン行ってみ」

「え？」私は慌ててキッチンに行った。

シンクの水桶にケトルが浸かっている。

「あっ」私は水桶に手を突っ込んでケトルを取り出した。

「それさ、ふたりでロフト行って買ったよね。コーヒーをドリップで淹れてみようって、ちょっと高かったけど奮発してホウロウのケトルにしたんだったよな。さんざん悩んで赤いのにしたよな」

背後から祐介の淡々とした声が聞こえる。

「ごめん、火、つけっぱなしだったの、忘れてた」

大事にしていた赤いケトルの底が、無残にも真っ黒に焦げていた。空焚きしてしまっていたようだ。

「もう使えないよね」祐介が冷たく言い放つ。

私は振り向いて祐介と向かい合う。祐介の顔には表情がなかった。

「ほんとにごめんね。私、同じの買ってくるから……」

「緊急なんでしょ。早く行けば」祐介が私の言葉を遮った。

「だけど……でも……」

「俺、シャワー浴びるから、その間に行ったら。メシはあとでコンビニかどっかで買うよ。冷蔵庫にも、なにもないしねー」

祐介は妙に軽い調子で言うと、リビングを出ていった。

いまこの状況で出かけるのは勇気がいる。しかし、迷っている場合ではないので、急いで家を出た。

8

学校に向かう途中、古橋さんに何度か電話をしたものの、繋がらなかったので、連絡をくれるように、古橋さんの携帯にメールを送っておく。

施錠された校門を守衛さんに開けてもらい、学園内に入った。

バスを降りて校庭で解散してから三時間ちょっとしか経っていないが、すっかり陽が沈み児童や保護者で賑やかだった校庭は人気《ひとけ》もなく静かだ。児童が整列していたのは、何日も前の出来事のような気がしてくる。

校長室のドアをノックして入ると、校長様に向かい合って、古橋さんがソファーに座っていた。既にここにいるとは思わなかった。校長様が呼んだのだとしたら、校長様は副校長が古橋さんのカウンセリングを受けていることを知っていたのだろうか。

「遅くなってすみません」

「いえ、私もいま来たばかりです」

古橋さんはポロシャツにチノパンという解散時の服装のままだ。

私は古橋さんの隣に腰を下ろし、校長様、とさっそく話し始める。

「インターネットで情報がどんどん広がってしまうので、イメージダウンは避けられそうにありません、少しでも食い止める方法を考えなければなりませんが、今回の件は慎重な対処が必要です」

私の言葉に、校長様は悲痛な面持ちになり、うなだれた。

「校長様、前から佐々木副校長にはロリコンの兆しがあったとの書き込みもありました。低学年の女の子を膝に載せたり、頭を撫でたりしていたっていうのは、本当ですか？　そういう話が一部保護者の間で噂されていたと」

校長様は顔をあげて、驚きを隠せない表情で首を横に振った。

「わたくしは、そのようなことをまったく存じ上げていませんでした。もしそれが本当だとしても、単純に、可愛さあまっての行動だったと信じたいです。佐々木副校長とは、学校の方針を巡って意見を違《たが》えることもありますが、副校長がとても誠実なお人柄であることに間違いはありませんし、神様の教えに背くような行為をするとは思えません」きっぱりと言った。

「あの、そのことについてですが」古橋さんが話に加わる。

「私がここに来たのは、佐々木副校長に頼まれたからなのですが……」

「え？　校長様に呼ばれたのではないのですか？」私は訊き返す。

「わたくしは、てっきり小川さんが古橋さんにご連絡したのかと……」校長様が言った。

「校長様からの着信を知った佐々木副校長が私に相談してきたので、とりあえず私がここに来ました。ご本人も後でいらっしゃると思います」

「古橋さんは、副校長のカウンセリングをなさっていたんですよね？」私は念のため確認した。

「カウンセリングとまではいきませんが、個人的にお話を伺ってはいました」

「そうだったのですか。わたくしにも相談してくだされればよかったのに。佐々木副校長は、なにを悩んでいらしたのですか？」

校長様の問いに古橋さんはすぐには答えなかった。しばらく間を置いて「それは」と口を開く。

「ご本人の口から伺ったほうが本当はいいと思うのですが、佐々木副校長は、私が代わりに説明しても構わないとおっしゃっていたので、かいつまんでお話ししますね」

私は姿勢を正して古橋さんの話を聴く準備をした。校長様も膝の上で両手をしっかりと組み、唇をきっと結んで古橋さんを見つめている。

「佐々木副校長が女子児童に特別な思い入れがあるのは、事実です」

古橋さんは、いつもの落ち着いた様子で話し始めた。

私はつばを飲み込んで、平静を保った。校長様もたじろぐことなく、一回瞬きをしただけだった。

「でもそれは、噂になっているように、佐々木副校長にロリコン嗜好があるとか、そういうことではまったくありません」

古橋さんがはっきりと否定してくれて、肩の力が緩んだ。

「わたくし、安心しました」校長様が息を大きく吐き出す。

「校長様、佐々木副校長のご家庭の事情をご存じですか？」古橋さんが訊いた。

「あまり詳しくは存じ上げませんが、うちの学校にいらした七年前は、すでに離婚されておひとりだったのではないでしょうか」

「佐々木副校長にはお嬢さんがいらして、離婚されてから一度も会わせてもらえないそうです。それで、女子児童をつい父親的な目で、自分の娘と重ね合わせて見てしまうそうです」

「そういうことだったんですか」私は頷きつつ呟いた。

「おかわいそうに」校長様が慈愛に満ちた表情で言った。

「はい、お気の毒だと思います」古橋さんが答える。

「それでも」と、私は感情に流されないように気を引き締めて、言葉をはさんだ。

「事実はそういうことかもしれませんが、ロリコンとして誤解された情報が出回ってしまった以上、痛手は避けられません。どうにか善処しないと」

「小川さんのおっしゃるとおりですね。なにか文書のような形をとったほうがいいのでしょうか」校長様は下を向いて考え込んだ。

「言い訳に取られてしまう可能性を考えると、ネット上の噂に踊らされて反応するのもあまりいい方法ではないと思います。真偽がはっきりしているのですから、メールなどでの個々の問い合わせにはきちんと否定の返信をします。けれどもホームページではロリコン疑惑に関して触れずに、違う発信の仕方でカバーできないか探ってみます。とにかく、下手な動きはかえって命取りになりかねません」

クレールでの盗撮疑惑の場合も、すぐに映像が作り物だということがネット上で明らかになり、広報として特別に声明を出すようなことはしなかった。しかし、クレールジュニアのショップのセキュリティが万全で、社員に信頼がおけることはホームページなどにきちんと載せた。最初は打撃を受けたが、反証の情報も出て、ネットの嘘の噂は潮が引くようにいつの間にか消えていた。

だが、今回の佐々木副校長のロリコン疑惑は、自然に火が消えるのを待っている余裕はない。今年の募集に影響を及ぼしてしまうことが避けられない。そして、副校長の行動に誤解を受けうる点があったことも否めないのだ。クレールの場合と違って、すぐに反証や検証的な情報が出てくるということも期待できそうになかった。

公式な見解ではなくとも、噂を打ち消すような情報をネットに意図的に出すという手段もあるが、それもよほど神経を使わないと、それこそ炎上して、逆効果になりかねない。

だからいまできることといえば、少しでも聖アンジェラ学園にプラスになる情報を多く発信していくことしかない。

「とりあえず、予定どおり、軽井沢の夏期学校の写真と記事はホームページにアップしましょう。児童たちの生き生きとした様子がわかるような記事にします。とにかく、毅然として臨むことが大事です」

私が言うと、校長様は深く頷いた。

「そうですね、それがいいと思います」古橋さんも同意する。

そのとき、ノックがあって、佐々木副校長が一礼して部屋に入ってきた。解散時のポロシャツ姿と違ってきちんとスーツを着ているが、疲れきった様子に見えた。眼鏡がすっかり曇ってしまっている。いつもの偉そうな態度とはまったく異なって、別人のようだ。

私は反射的にソファーから立ち上がった。古橋さんも立ち上がる。ふたりともソファーの後ろ

でいる。

「ご迷惑かけてすみません」

佐々木副校長は身体を二つに折って、床につきそうなほど頭を下げ、しばらくそのままの体勢でいる。

「お顔をおあげになって」校長様が優しく声をかけた。

「本当に申し訳ありませんでした」

副校長は頭を下げたまま、スーツの内ポケットに手を入れた。茶封筒を取り出して両手で持つと、そのままそれを校長様に差し出した。

封筒の表に、「辞職願」と筆文字で書かれている。

「佐々木副校長、とにかく顔をおあげになってください」

ふたたび校長様に言われ、副校長は頭をあげた。だが、封筒は差し出したままでいる。

「それも、いったんお収めになって。さ、こちらに座ってくださいな」

副校長はようやく封筒を胸ポケットに引っ込め、ソファーに膝を揃えて座った。

背後から一連の動作を見ていると、佐々木副校長の髪の薄さがひときわ目に付いて、憐憫《れんびん》に近い感情が湧いてくる。

「いま、古橋さんからご事情を伺ったところです。お嬢様とお会いになれないなんて……」

校長様が目を細め、あたたかな眼差しで佐々木副校長に話しかけた。反目し合っていたふたりの間に、いままでにない穏やかな空気が漂う。

「校長様、少し長くなりますが、私の話を聞いてください。いままで校長様の主張に耳を貸さずに、私がどうしてあそこまで学習に重点を置いた教育ばかりを推奨してきたかも、ご理解いただけると思います」

副校長はそう言って、居住まいをただす。

「私の過去の話をすることになりますが、少しお付き合いください」

副校長の声は話し始めた。落ちついていた。

「私は大学の教育学部で出会った同級生と、卒業と同時に結婚しました。私と妻は、生徒の立場に立ち、子どもの気持ちを汲んであげられるような教師になりたい、そう思って教員免許をとったという点で、志を同じくしており、惹かれあったのです。

しかし妻はあまり神経が太いほうではなかったので、教員になる自信がないと言って、一般企業に勤めました。

私は理想に燃える新任教師でした。いじめを目の当たりにし、登校拒否の児童と触れ合うにつけ、いまの学校教育に疑問が湧きました。学校側の論理、教育委員会の圧力、生徒との狭間に立ってずいぶんもがき苦しみました。そして、いろんな、変わったといいますか、常識はずれといいますか、理解に苦しむ親御さんとも接してきました。

自分なりに児童に心をくだいても、報われない。かといって、制度そのものを変えるには微力すぎる。話の通じない親御さんもいる。結局なにもできずに、悩むだけの日々を送ることが多かったのです。

教科書が薄くなったり、また厚くなったり、指導要綱が変わるたびに現場の教師として翻弄されるなか、結局児童たちは中学受験などで、学力至上の考え方が植えつけられていく。その様《さま》を見ているのは、辛かったです。学力が追いつかない、はじかれた子どもとの格差も生じ、このままでは、日本の社会はますますおかしなことになる、そう思えてきました。

学力だけで測るのではなく、その子どもの個性や良さをもっと伸ばしてあげられる教育はないものだろうか、心を育てる教育ができないだろうか、それを私は常に考え、妻にも話していました。

しかし、日々の職務に忙殺されてやり過ごす毎日は、現実と理想とのギャップに苦しみ、ともすると心を病んでしまいそうでした。実際に鬱に苛《さいな》まれた同僚の先生もおりました。

そんな折に私たち夫婦は子どもを授かり、娘が生まれたのです。

せめて自分の子どもには、私たち夫婦が最高だと考える教育を授けたいと思いました。妻は会社を辞めて子育てに専念し、私も時間の許す限り育児に関わりました。幼児教育の本をふたりで読み漁り、それまでに得た知識と経験を総動員して子どもに向き合ったのです。

夫婦で話し合い、結果、目指したのは、押さえつけない教育です。頭ごなしに叱ることはしない、強制はしない、本人の意思を尊重する。それらを実践することによって、娘を健やかに育てたかったのです」

佐々木副校長は、眼鏡のつるを指で押さえて、一息ついた。

副校長の口から語られた彼自身の過去は、私が接してきた副校長とはまったく結びつかない。

私の知る副校長は成績至上主義の考え方にしか見えなかった。それが原因で、校長様と事あるごとに対立していたのではなかったか。

「健やかな心を育てることが、教育の第一義だと、わたくしも信じています」校長様が静かに、しかしはっきりと言った。

「校長様、そのとおりです。心を育てることが最も大切なことです。私もそれを信条にして娘を育てました。

幼稚園選びひとつにしても、それは、それは、悩みました。私たちの考え方からすると、みんなで同じことをする、つまり一斉保育という形を選ばないことは当然でしたし、知育に偏る園もダメということになるのです。

それでも、義務教育ではないからか、幼稚園というのは実に個性豊かで、小学校よりもむしろいろんなタイプの園があり、選択肢も豊富でした。

そもそもの性格として娘は、こだわりが強かったので、指示行動などを重んじる園は無理だと思いました。育て方もありましたが、じっと座ってなにかをさせられるということもとうていできませんでした。

一方、ひとつのことに集中するとほかのことが見えなくなるようなところがありました。私たち夫婦は、そんな娘の性格を考慮して、いわゆる幼稚園ではなく、自主保育のサークルに娘を参加させることにしたのです。

戸外で活動するあおぞら保育が主で、公園などに集まり、親も加わって保育活動を行う集団です。自由度の高い保育というところがぴったりで、娘は楽しく通いました。妻も元来子ども好きなので、娘以外の子どもたちとも関われることが嬉しいらしくて、生き生きとした毎日を送っていました」

そこまで話すと副校長は、いま思うと、と天を仰ぐような仕草をした。

「私たち一家にとって、あの頃が一番幸せな時期でした」

しばらく沈黙が流れる。職員室に鳴り響く電話の呼び出し音が聞こえてきた。

「しかしながら」副校長は、ふたたび話し始める。

「自由に個性を尊重し、強制しない、というのは、理想的かもしれませんが、それをずっと続けられるわけではない、そこが問題でした。

私たち夫婦は、自分たちが目指すのと同じ、もしくは近い理念の小学校を探しましたがそういう学校は限られていました。私立であるうえに、家から遠かったのです。だからやむなく学区域の公立小学校に娘を入学させることにしました。妻は最後まで反対しましたが、私はどうにか説得をしました。最終的には、物理的、経済的な理由で説き伏せた感じです。

正直言って、私としては、少しほっとする部分もありました。教師として勤める年月を重ねるうちに、いつかどこかの段階で周りとは適応していかなくてはならないという考えを持ち始めていたからです。

自分が働く現場の公立小学校は、まさに社会の縮図でした。日本の社会が集団の和を重んじるシステムである以上、小学校もそうならざるを得ないわけです。

さらに加えて、自分が担任する生徒たちに対する姿勢と、娘に対する態度との乖離《かいり》に、実は私も苦しさを覚えるようになっていたのです。妻は私よりも純粋に理想に向かっていけましたが、私はどこかで、妥協、というのも必要ではないかと考え始めていました。

かたくなな親をたくさん見てきて、そういう親の柔軟性のなさが子どもを追い詰めている例も知っていたからです。

子どものために、という言葉は、ときには、親のエゴを押し付ける隠れ蓑にもなりがちです。周囲とあまりにも歩調が違ったときに子どもが負うストレスと、親が信じているやり方を通すことにはせめぎ合いがあります。周りに合わせることと、信念を貫くこと、どちらが正しいのか、判断するのは難しいですね。ちょうどいい塩梅《あんばい》というのは、なかなか難しいです。ゲームをやらせるかやらせないか、テレビを見せるかどうかなどでも、同じことが言えますね」

「おっしゃるとおりです。そしてそれは親御さんたちが日々悩んでいらっしゃることですね」校長様は頷いた。

「実際、私が公立小学校で担任した児童のなかには、娘のように自由保育で育った子もいましたし、幼稚園や保育園に通わずいきなり小学校に入ってくる子もありました。その子たちは、最初こそは馴染むのに困難を感じたようですが、だんだん適応していくケースがほとんどでした。だから、私は娘も大丈夫だろうと楽観していました。学校では集団生活のルールを学び、家である程度自由度の高い育て方をすればいいのではないかと安易に考えていたのです」

佐々木副校長がどんな表情でしゃべっているか、背後にいる私にはわからなかったが、少し声のトーンが落ちてきている。

私と並んで立ったまま話を聞いている古橋さんは、副校長のことを優しい眼差しで見守っていた。

「まず、うちの娘は、机に座っていられなかったんです。それでも入学したての頃は、同じような子がクラスにいましたので、学校側も我々夫婦もそれほど深刻に考えていませんでした。そのうち適応していくだろうと思っていたのです。

しかし五月の運動会で娘が整列できずに外れた場所にひとりいたり、競技やダンスに参加しなかったりした様子を見て、さすがにまずいのではないかと感じました。しかし妻は、そういう画一的なプログラムのほうがおかしいと憤っていました。

二学期になって学校から呼ばれ、娘は学習障害かＡＤＨＤ《注意欠陥多動性障害》かもしれないから医師に相談するようにということと、診断によっては特別支援学級のある学校に移ることをすすめられました。おそらく先生も娘を持て余していたのでしょう。

私も現場の教師として、先生のおっしゃることは理解できましたが、自分の娘のこととなると、すんなりと納得はできませんでした。妻は私以上に先生の話を受け入れられませんでした。

私は担任の先生に、もう少し様子を見てください、と頭を下げました。妻はそんな私の姿勢に不満だったようですが……」

私は語られる話の切実さに胸が苦しくなってきた。小さく息を吐いて、気持ちを落ち着かせる。

「そのあたりから、夫婦での諍《いさか》いが増えていきました。妻は娘を公立小学校に入れた私に原因があると責めました。私は私で、妻があまりにも子ども本位で娘を育ててきたことをなじりました。

客観的な判断を医師に仰ぐこともせずに、我々はただお互いに相手に責任を押し付け合いました。ふたりとも学習障害やADHDの可能性を認めたくないという点だけは一致していたのです。子どもをありのまま受け止めてあげられなかった。たとえなんらかの発達障害があったとしたって、私たちの娘はかけがえのない存在なのに。親としては最悪な態度ですね。当然ですが夫婦の険悪な関係は娘に影響を及ぼし、娘は学校でますます奇異な行動をとるようになってしまったんです」

「まあ、ほんとうに、なんというか」校長様は目を閉じ、頭を静かに振った。

「それでも、だまし、だまし、学校には行かせていました。しかし二年生に上がり、担任が替わると、この先生が娘を無視するような態度をとったんです。

するとそのうち娘は、学校に行かなくなってしまいました。後でわかったことですが、体操服に着替えたあと、自分の服がゴミ箱に捨てられていたことが直接のきっかけだったみたいです。先生が無視している子はいじめてもいいだろうとクラスメートが思ったとしても不思議ではないでしょうね。

もう、それからは、毎日が地獄でした。私は当時六年生の担任だったので、とても忙しかった。くたくたになって帰ってきて、家では妻と激しく言い争う。神経が参ってしまいそうでした。

さらには、娘が時折、深夜に叫びだすようになったんです。夜中に娘の部屋を覗いて、寝顔を見ると、安心しました。しかし目を剥いて叫んでいる姿を目にしたときは、不憫すぎて、いや、本当は自分自身が辛くて、娘に近寄れなかったのです。娘が咆哮《ほうこう》すると妻が抱きしめてなだめました。妻は私の逃げ腰の態度にも相当腹を立てていました。

妻はとうとう、娘を転校させてフリースクールに通わせたいと言い始めたのです。

私はそれに同意することもせずに、卑怯にも仕事に逃げました。帰宅を遅くして、休日もやり残したことがあるといっては職場に出向きました。クラブの顧問をいくつも掛け持ちしました。なるべく娘や妻と顔を合わさないようにしたのです。

そんなある日、修学旅行の付き添いから戻ると、妻と娘が家を出て行ってしまっていました。あとから判を押した離婚届を持った弁護士が来ました。それから妻にも娘にも会っていません。妻と娘は沖縄に移り住み、娘はその後ＮＰＯ法人がやっているフリースクールに通ったようです」

副校長はこみ上げるものをこらえるように、うなだれた。肩が小刻みにふるえている。

「大丈夫ですか？」校長様が訊くと、副校長は、はい、と応えて言葉を続けた。

「突然娘と引き離されたのは、身体がひきちぎられたかのようでした。自業自得なのかもしれませんが、本当に苦しかったです。あれから随分経つのに、女子児童を娘に重ねてしまうときがあります。軽井沢で夜中に児童の部屋の様子を見に行ったのは、娘のことがトラウマとしてあったからです。受験勉強のストレスや友達との関係で苦しんで、夜中に叫びだしたり、うなったりしている子がいないか、なにか変調のある子はいないだろうかと心配でした。だから、担当の先生が見回ったあとも、ひとり起きてもう一度全部の部屋を見て回ったんです。女の子だけでなく、男の子も」

「そういうことだったんですね」校長様が慈悲深い目で副校長を見つめる。

副校長は、誤解を招いてすみません、と深く一礼した。

「私は、離婚してから考えを変えました。私が学力に最も重きを置いた教育を推し進めたいと思うのは、それが日本の社会に一番適応する教育だからです。そりゃあ、根本的には間違っているかもしれません。

けれど、現実の社会とそぐわない教育をうけて、浮いてしまうことのほうが悲劇は大きいと思うのです。制度を変えることは必要ですが、それは政治などの大きな力でないとできないでしょう。社会を変えることより、目の前の状況に合わせて生きていくほうがより現実的で、子ども個人の幸せに通じるのではないかと思ったのです。親御さんはみな、子どもに幸せになってほしいのです。

もちろん、格差がないのが理想です。けれど、どんどん格差社会になっていく日本において、格差自体をなくすことに腐心するより、格差の上に行くことを目指すほうが、子どもや親御さんにとっては実現可能な幸せを獲得することになるのではないでしょうか。しょせん、いますぐに格差はなくならないのですから。

子どもたちは、卒業して、その後がある。社会に子どもを送り出す責任を負う学校は、社会に少しずつ馴染むための場でもあるわけですから」

副校長の声は力強くなっていた。

「おっしゃることは正しい一面もありますけれど、その点については、明確に正しい答えを出すのは難しいですね。格差の上に行ける子どもばかりではないですしね。能力というのもあるし、環境もあるし。なにより、子どもは親や、ましてや社会の、もちろん学校の所有物ではないのです。わたくしたちは子どもを神様からお預かりしているだけなのですから」

校長様は思案顔になる。

「これは、あくまで私の考えであります。校長様がいつもおっしゃっていること、聖アンジェラ学園の精神、自己を律する、奉仕と謙遜は素晴らしい理想です。祈りはとても大事です。教育の究極は、心を育てることに間違いはないと私もわかっております」

「理想と現実の折り合いをつけることも必要ですね。それはわたくしも近年強く感じていることではあるのですが、この殺伐とした社会において、理想を目指さなくなってしまうことも、わたくしとしては恐ろしいことだと思うのです」

校長様の表情が曇っている。

「校長様、いずれにせよ、今回、私が聖アンジェラ学園に多大なご迷惑をおかけしたことは、本当に申し訳ないと思っています。取り返しのつかないことになってしまいました。いくら謝っても、謝り足りないくらいです。せめて私にできることは、職を辞することぐらいです。どうか、辞職願を受け取ってください」

副校長は茶封筒を胸ポケットから取り出した。

「いいえ、佐々木副校長。あなたにやましいことがないのなら、辞める必要はございません。

堂々となさってくださいな。それに、いま副校長に辞められたら、わたくしとしても途方にくれてしまいます。副校長のお考えになった、中学受験に特化したαクラスを作ったおかげで、学園全体の学力も伸びてきましたし、おかげで学園の名も少しずつ認知されてきました。だからこそ安心してわたくしは心の教育を主張できたのではないかと思うのですよ。これまで口にしませんでしたが、あなたには、とても感謝しているのです」

「校長様……」副校長の声が詰まった。

私は副校長の人生に、こんなにも複雑で悲しい事情があることに驚いていた。人は見かけによらないという使い古された格言が身にしみる。

校長様は、「ねえ、小川さん、どうでしょう」と私に顔を向けた。

「副校長のお話を踏まえて、あらためてこのたびの件、なんとかうまく切り抜けられないでしょうか。いいお知恵はございませんか」

「そうですね……」

私は副校長の話に感動していた。この感動が少しでも周囲に伝われば、誤解は解けるのではないかと思う。

「不謹慎《ふきんしん》で申し訳ないのですが、いっそのこと、副校長の人生を物語にして、ホームページに載せたらどうでしょうか。もちろん、そのままではなく、うまくアレンジするんです。聖アンジェラ学園初等部の取り組んでいる、αクラスの教育が、この時代の子どもたちにとって適切なものであると思い至った経緯とか、副校長が児童にいかに心を砕いているかといった感じで。感動する話で、噂を打ち消すんです。実は、前にいた会社で、何人かの社員にスポットを当てて、詳しく物語仕立てで紹介したことがあり、とても好評だったんです。就活生にもアピールできたようで、紹介された社員の名前をあげて、会社を選んだきっかけになったと言っていた学生もいました。人は、ストーリーが好きですし、副校長には大変失礼かもしれませんが、苦労した話や、ちょっと不幸な過去というのを求めているんですよね」私は一気にまくし立てた。

「でも、それはプライバシーに関係しますから、佐々木副校長のお嬢さんや奥様だった方のご迷惑になるのでは」古橋さんがもっともな意見を言った。

「私なら、大丈夫です」副校長が私の方に振り向いた。

「小川さん、元妻や娘が傷つかないようにうまく書いてください。記事はチェックさせていただけるでしょうし、小川さんを信頼しています。私は自分のことを詳《つまび》らかにするのは構いません。ただ、教員が離婚しているというのは、世間の親御さん、特にお母様方にとっては受け入れがたいことかもしれませんので、そのへんは伏せて、うまく物語を作ってください」

「わたくしからもお願いします。頼りにしていますよ、小川さん」校長様が私を強い視線で見つめた。

「では、原稿ができしだい、副校長にチェックしていただきますね。あと、私としては、ほかの先生のストーリーも載せたいのですが。副校長だけだと、もろに噂をうけてと思われるので」

「赤石先生や、ほかの先生方にもお訊きしてみましょう」

校長様が言うと、古橋さんが、私のことを書いても構いません、と言った。

「臨時職員ですが、お役に立てるなら。カウンセリングの認知にもなりますしね」

「私なんかのためにすみません」

古橋さんを見る副校長の目が潤んでいる。見つめ返す古橋さんは、聖母マリアのような面持ちで微笑みを浮かべていた。

副校長と古橋さんの信頼関係は、かなり強いものなのだろう。古橋さんは副校長に相当親身になっている。

「小川さん、よろしく頼みます」

立ち上がった副校長が私の手を握ってきた。その上に「小川さん、お願いします。あなたの腕の見せどころですね」と校長様も手を重ねてきた。

「頑張ります。二、三日中には載せられるようにします」

私はふたりを交互に見て、力強く答えた。

「なんとかなりそうで、本当に安心しました。きっとうまくいきますね」

校長様は手を離して、その手で自分の胸元を押さえた。続いて手を離した副校長は校長様に向き直って、「本当にご迷惑をおかけしました」と直角になるくらいまで身体を折ってお辞儀をしたのだった。

9

学園からの帰り道、祐介が機嫌を損ねているのではないかと思うと、自宅に近づくにつれて、足取りが重くなっていった。

マンションに戻ってみると、祐介はテレビのバラエティ番組に声をあげて笑っていた。

「おかえり。コンビニでスイーツ買ってみたんだけど、香織の分、冷蔵庫にあるよ。結構美味《うま》かった」

私は祐介の態度に安心して、「ありがとう、いただくね」と答えた。緊急で駆けつけた私の仕事の事情について、祐介が触れないので、私も説明せずに黙っていた。

「そうそう、いい知らせがあるんだよ」

祐介はリモコンでテレビのボリュームを下げた。

「いい知らせ？　なに？」

私は冷蔵庫を探りながら答える。袋が開いたマカロンが一つ残っていた。

「おじさんのとこの、軽井沢の別荘。八月中に借りられそうみたい。お母さんが、一緒に行こうって、香織、さすがに八月は休みでしょ」

「それって、お義母《かあ》さんとお義父《とう》さんと一緒にってこと？」

私は冷蔵庫の扉《とびら》を閉め、祐介の顔を見た。だが祐介の視線はテレビの画面にある。異論は受け付けないという、突き放すような表情に見えた。

姑と一緒に軽井沢へ行くのは、なるべく避けたい。いや、なるべくどころではない。本音では、絶対に嫌だ。

「でね、俺、いいこと思いついたんだよ、舞花ちゃんや海斗君も一緒にどうかなって。もちろんお義姉さんやお義兄さんも。おじさんの別荘、広いから、三家族余裕で泊まれるしさ。『星のや』に日帰りキャンプ場とかあるみたいだよ。そういうの、舞花ちゃんや海斗君に体験させてあげたらどうかな。前に多摩川で遊んだとき、自然の中の経験もお受験には必要ってお義姉さん言ってたよね。だから、軽井沢行きは、海斗君の小学校受験にも良さそうだろ。舞花ちゃんの気晴らしにもいいんじゃない。お母さんに訊いたら、ぜひ一緒にって言ってたよ」

「そ、そうね」

答えたものの、私に相談せずに勝手に姑の承諾まで得ていることに腹が立った。しかしそれを口に出して言えなかった。私には、祐介を置いて勉強合宿に同行した負い目もある。さらに呼び出しを受けて今日の夕食をともにできなかった。ケトルを焦がしてしまったことで、強い態度にも出られない。

私は、いつからこんなに祐介の顔色を見るようになってしまったのかと自分が情けなくなってくる。

「お義姉さんとこの予定訊いといてよ。それで、俺たちと両親と、予定すりあわせよう。俺もそれに合わせて夏休み取るからさ」

祐介は言いたいことを言い終えたのか、私の返事を待つことなく、リモコンのボリュームをあげた。話している間、一度も私に視線を向けることはなかった。

祐介が出勤すると、とたんに十畳ちょっとのリビングが広く感じる。つけっぱなしのテレビが、関東地方が梅雨明けしたことを告げていた。

勉強合宿から帰ってきた日以来、私は祐介に必要以上に気を使ってしまい、祐介はなんとなく偉そうに振舞っている。そんなどこかいびつな雰囲気に、私は気詰まりを感じていた。だからこうしてひとりきりになれて、ちょっと楽だ。

テレビの音が響くリビングで、ソファーに腰を下ろす。

いつもは私も祐介とともに慌ただしく出勤していたが、こうして夏休みになって家にいると、時間が過ぎるのがとても遅くて、祐介が帰ってくるまでどうやって時間を潰そうかと苦労する。これが毎日だとすると、多分耐えられない。クレールを辞めて家にいたときも、あまりに暇で辛かった。

今日やるべきことを頭に思い浮かべ、優先順位をつけていく。まずは洗濯だが、昨日も洗濯機を回し、たいした量の洗濯物がないので、やらなくてもよさそうだ。掃除機も昨日かけたばかりだから、今日はいいだろう。

時計を見るとまだ八時前だ。

祐介が帰ってくるまでに、ホームページの件は済ましてしまいたい。だけどどうしてこんなにこそこそとしなければならないのだろう。

その前に姉に軽井沢の件で電話をしなければならない。さきほど朝食の席で、姑に日程を伝えたいし会社にも休みを申請したいから早く姉に連絡してくれと祐介から催促されたのだった。

私はスマートフォンで姉に電話をしかけたが、思いとどまった。私と違ってふたりも子どもがいれば朝は忙しいはずだ。海斗も朝勉強していると言っていた。

もう少しあとに連絡することにしたが、本当は軽井沢に誘うこと自体に乗り気になれなかった。姑と姉一家が接触することに抵抗があるし、そもそも私が軽井沢に行きたくない。やはり先に仕事を終わらせよう。

ノートパソコンを開いて受信メールをチェックしたが、どこからもメールはなかった。続けて文書ファイルを開き、ホームページの記事の原稿を読み返す。

三日前に副校長の告白を聞き、すぐに対外向け、保護者向け、両方のホームページに載せるための記事を書いた。興味をひくように、あまり長くならず、かつ伝えるべき点は落とさずに気をつけた。今回紹介する教職員は、佐々木副校長とスクールカウンセラーの古橋さんだ。今後、順次教職員を紹介していこうと思っている。

私が書いた原稿を昨日それぞれに送ってあった。顔写真も載せるので、副校長と古橋さんの画像データももらうことになっている。

副校長について文章化するのは、なかなか苦労した。

「佐々木《ささき》信尚《のぶひさ》副校長は、公立や私立、さまざまな小学校の教諭をしてきた経験から、学校と家庭の教育方針にずれがあって、学校生活に児童が適応できない例を多く見てきた。そのなかには、低学年から心身のバランスを欠いてしまい、やむなく転校していく児童もあり、心を痛めた。

そんな事例を知る佐々木副校長は、私立小学校における学力向上という指針が、学校、児童、保護者を結ぶ太い芯になり得ると考えた。さらには、絶対的な知識の集積と相対的な学力が社会で生き抜く武器にもなると信じて、中学受験に特化するαクラスを創設した。

一方、ストレスで夜中に叫びだすなど、奇異な行動を起こす児童を受け持った経験から、成長期の子どもが長時間学習することによって生じる負担の弊害にもきちんと目を向けている。

佐々木副校長は低学年、高学年を問わず、生徒に丁寧に目を配り、声をかけ、心身のケアーをつねに心がけている」

古橋さんに話を訊いて書くのは、痛みが伴った。彼女のストーリーも切ない。

「古橋智子《ふるはしともこ》スクールカウンセラーは、聖アンジェラ学園初等部の卒業生だ。

古橋カウンセラーは、六年生のときにクラスから孤立し、以来、保健室登校になってしまった。そんなとき、当時担任だった現校長の平井辰子先生が毎日保健室に来て話し相手をしてくれた。平井先生は、学校に来るためのお守りとして、おメダイもくれた。また、保健室の先生も支えてくれた。平井先生や保健室の先生に会うために学校に通っていたようなものだった。

そのうち具合が悪かったり怪我をしたりして保健室に来る生徒の世話を手伝い始め、保健委員の生徒とも親しくなることができて、少しずつ友達や仲間ができていった。授業に戻ることはできなかったが、学園には卒業まで通い続けた。

スクールカウンセラーという職業を選んだのは、自分が平井先生や保健室の先生に救われたように、苦しみ悩んでいる子どもの手助けをしたいからだ。

古橋カウンセラーは、現在、児童たちの相談、悩みに日々向き合っている」

原稿チェックをお願いしている副校長からも古橋さんからも返信はまだなく、気が急いていた。噂が拡散するのを防ぐ意味でも、教職員の紹介記事を早くホームページに載せたかった。この記事がすぐに効果を及ぼすとか、特に強いインパクトを与えるものかは推し測れないが、副校長の記事は、読む人が読めば、誤解を解くことが期待できそうだ。そして古橋さんの記事は、心に響くものだと思う。

私は、噂がどうなっているかが気になり、「聖アンジェラ学園初等部」と打ち込んで、インターネットで検索した。

学校評判のサイトでは変わらず副校長に対する中傷が続いており、読んでいると気分が悪くなってくる。ホームページにもメールが来るが、誤解されるような事実はないとそのつど返信していた。

いったんパソコンを閉じ、気分転換に外出することにした。行くあては特にないが、午前中はまだ涼しいので、そのへんをぶらぶら散歩でもしてこようと思ったのだ。

化粧もせずに外に出たのはまずかったと、マンションのエントランスを出た瞬間に後悔したが、わざわざ戻るほどでもないので、そのまま歩き始める。午前中とはいえ、真夏の太陽は容赦なく照りつける。せめて日焼け止めクリームぐらい顔に塗ってくるべきだった。

桜新町駅に続く八重桜の並木道を、日陰を求めつつ歩いた。汗が身体全体に滲んでくる。それでも少し早足で歩くと、顔に当たる風はほどよい涼しさが感じられた。並木の緑が生き生きとしていて、私の身体にも活力が満ちてくる。いつも通勤で早足に通り過ぎる道も、こうして景色を味わいながら歩いていると、まるで別の街の一画のようにさえ思えてくる。

用賀《ようが》方面に向かって歩いていたが、気持ちがいいのでこのまま環八を越えて砧《きぬた》公園まで行ってみることにした。

車の往来が激しい道路沿いでなく、住宅街を抜けて行こうと路地を曲がる。

そこで、見覚えのあるTシャツとデニム姿の女性が、サンバイザーとサングラスというでたちで、チラシを家々のポストに投函しているのに気づいた。

とっさに路地に戻り、身を隠した。そっと覗き見るような形で目を凝らすと、ポスティングをしているのは、まぎれもなく私の姉、末松逸美だった。あの紺色のTシャツは、何度も見たことがある。

姉は首にタオルを巻いていた。よく見ると、Tシャツは腋のあたりに汗ジミができている。見てはいけないものを見てしまったと狼狽《ろうばい》し、踵を返して急いで家に向かった。太陽が高くなって気温が上がったせいか、それとも気持ちが乱れていたせいか、額に汗が噴き出してくる。その汗を手で拭いながら、並木道を抜ける。

姉が働いているのは知らなかった。

なぜポスティングのアルバイトをしているのだろう。

そこまでしないと、小学校や中学校の受験準備の費用が捻出《ねんしゅつ》できないのだろうか。子どもたちは家で留守番をしているのだろうか。近所の人の目を避けて用賀でポスティングしているのだろうか。

道すがら、いくつものクエスチョンマークが頭に浮かんでくる。

マンションのエントランスに入ると、火照《ほて》った顔とあがった息がエアコンの冷気で落ち着いた。メールボックスにエステサロンのチラシが入っていた。いつもならすぐに捨ててしまうチラシが貴いものに思え、部屋に戻ってしばらく眺めていた。汗がチラシにポツっと落ちて、自分が汗だくなことに気づき、浴室に向かう。

顔にシャワーを当てながら目を閉じ、姉の残像を打ち消すが、うまくいかない。

浴室から出て着替えたのち、スマートフォンを手にした。一回深呼吸して、姉に電話をかける。コール七回でつながった。

「あっ、お姉ちゃん……」

いざ話そうとすると、動揺してしまう。

「いま、出先なんだよね」姉の声に雑音が混じって聞こえる。車が往来する音のようだ。

「舞花と海斗も一緒？」かまをかけてみる。

「ちょっといま取り込み中なの、あとでこっちからかけ直す」

ぶつっと通話が切れた。

きっと姉はまだポスティングの最中に違いない。もしかしたら人違いであってほしいという淡い望みもあったが、さっきの女性は姉に間違いはなさそうだ。

姉が哀れに思えてくる。なぜ、姉は、身の丈にあった生き方というのを選択せずに、めいっぱい背伸びし続けるのだろうか。一番苦しいのは、姉自身のはずだ。それとも、母親というのは、子どものこととなると、極限まで無理をする生き物なのだろうか。

考えてみれば副校長の元妻も、神林勇気君の母親も、子どものために必死になっていた。子育ての渦中にいる母親の気持ちは、子どものいない自分にはやはり理解できないのだろうか。だとすると、聖アンジェラ学園初等部の広報をうまくやれる自信はない。

いや、それでも、やるしかない。それが私の仕事なのだから。

ふたたびパソコンを開いた。古橋さんからメールが来ていて、原稿は特に問題ないということだった。データ画像も添えられており、それは珍しくくだけた笑顔だった。画像を見つめながら、古橋さんは、私なんかよりずっと世の母親たちの気持ちをよくわかるのだろうな、と思った。

インターネットにアクセスして、「聖アンジェラ学園初等部」を検索すると、SNS上で「迷走しているおかしな小学校、聖アンジェラ学園初等部」としてまとめサイトができていた。ロリコン疑惑だけでなく、神林君の態度が悪かった公開授業のこと、すべてが網羅されている。せっかく挽回を図ろうと苦労しているところに、この情報は打撃が大きい。

スマートフォンが鳴って、自分が前歯で唇をきつくかんでいたことに気づいた。

「さっきはごめん。ちょっと買い物に行ってた」

姉の明らかな嘘を、私は「そうなんだ」とうけ流す。

「急用かなにか？」

「あ、うん、夏休みにね……」

私は、軽井沢の別荘、という単語を口にすることができなかった。ポスティングのアルバイトをしていた姉の姿が目に浮かぶ。姉の生活が軽井沢の別荘とあまりにかけ離れた世界であることに、私は自分のなかで折り合いがつけられなかった。そして、アルバイトやパート勤務などとは無縁の姑と姉がひとつ屋根の下に寝泊まりするということにも、強い違和感を覚えるのだ。

「夏休みがどうかしたの？」

「あ、うん……舞花や海斗、休む暇あるのかなって」

「ほとんどないわよ、ふたりとも。せいぜいお盆のあたりぐらいしか」

「大変だね」

「そんなことを訊くために、わざわざ電話してきたの？」姉の声には刺がある。

「あ、うん……舞花、勉強合宿ですごく頑張っていたから、それも伝えたくて……私、舞花と海斗を応援しているよ。お姉ちゃん、ひとりで大変でしょ。海斗の送り迎えとか、なにか手伝えることがあれば、いつでも遠慮なく言ってね」

「香織……ありがとう……」姉は、かすれ気味の声で言った。

「でも大丈夫。本当に困ったときは、お願いするね」

私は電話を切り、スケジュール帳の八月のページを開けて、しばらく呆然としていたのだった。

「お義姉さんとこの予定、どうだった？」祐介は帰ってくるなり、訊いてきた。

私は、息を整えてから、「そのことだけど、ちょっと私の話を聞いてほしい」と祐介の視線をしっかりと捉えて言った。

「なんか、怖いな。なに？」

祐介はおどけた顔になったが、私は真剣な表情を崩さなかった。

「まずね、軽井沢に姉たちを誘わなかった。舞花も海斗もスケジュールがいっぱいそうだったから」

「そっかぁ、残念だな」

「それに……」そこで息をついだ。

「お義母さんたちと一緒だと気を遣うから、私としては祐介とふたりだけでどっか行きたいな。ごめんね。でも、正直な気持ちなの」

勇気を出して言うと、祐介がかすかに顔をしかめた。

「家族なんだから別に気を遣わなくてもいいんじゃない。気にしすぎ。もっとお母さんとも打ち解けてくれよ」

祐介は、自分の母親のこととなると、私の気持ちをわかってくれない。これ以上姑のことを話しても祐介が気分を害するだろうから触れないことにする。

「海斗の入試があるから、今年の夏休みは、少しでも姉の手伝いをしてあげたいとも思ってるの」

「なんか、それって大げさじゃない？　たかが、小学校の受験でしょ？」

「祐介から見たら、どうってことないことかもしれないけど、当事者は、必死なの。命懸けって言ってもいいくらいなんだよ。それに、夏休みも広報の仕事はあるの。そんなに暇ってわけじゃないの。いま、アンジェラは、ピンチなの」

「ピンチねえ……」

私は、副校長の件を祐介に説明した。

「だから、落ちた評判を上げるために、頑張らないと」

「ふうん……そうか……やっかいそうだね。わかったよ。だけどさ、学校の評判なんて、必死になにかしたから上がるわけでもないと思うけどねえ……」

祐介はそう言うと、「俺、着替えてくるわ」と寝室に入っていった。

10

夏休み中も雑多な仕事が山ほどあった。ホームページに寄せられるメールの対応などは在宅でもできるが、九月の半ばに開催される入試説明会の準備もあり、私はときどき学校に出向かなければならなかった。

ホームページに副校長と古橋さんの記事を掲載して一週間が経っていた。ホームページのアクセスはそれなりにあるが、噂を打ち消す効果はほとんどないようで、相変わらずインターネット上での聖アンジェラ学園初等部の評判は芳《かんば》しくなかった。

私は新しい学校案内のパンフレットと、夏休み前に作成済みの入試説明会を告知するチラシを取りに、職員室に行った。それらを六月の学校説明会の際と同様に、小学校受験の教室に配り、掲示してもらうように頼む予定だ。入試説明会の告知は、チラシとホームページ上の双方で行う手はずになっている。

私は職員室で仕事を終えると、あらかじめ電話で約束した時間に校長様を訪ねた。話があると呼ばれていたのだ。

「小川さん、この間の記事の反響はどうですか？」

私は返答に困り、何とも言えないです、と無難に答えておく。

「入試説明会までになんとかなるといいのですけれど」

私は、本当ですね、と答えた。

「あの、校長様、お話って……」

「それが、神林勇気君が、ご家庭のご事情で、転校なさるそうなんです……」

「そうですか」

書き込みは神林君の母親だと確信した。前々からなにかというと「転校させてもいいんですよ」が口癖だったとも聞いている。

トラブルメーカーの親子がいなくなるのは歓迎だが、神林君はジュニア算数オリンピックの全国大会に出るので、学校の宣伝にはなる。いま彼が退学するのは、広報としては、残念な部分がないわけではなかった。

「それで、お母様から直接、わたくしに電話がございましてね。勇気君のことを載せた全国模試や算数オリンピックの記事などを、削除してくださいって言われたんです。ですから、そのようにお願いしますね」

校長様は、神林君の母親がサイトに書き込んだ犯人だとは知らない。いまここでばらしてしまいたい衝動に駆られたが、慈悲深い表情の校長様を前に、そんなことはできなかった。

翌日から私は、小学校受験の教室を訪ね回り、学校案内のパンフレットと入試説明会の告知チラシを配った。折しも夏期講習の真っ最中の教室が多かった。

もちろん、前回同様、海斗の通う藤森教室にも行った。

タイミングがずれていて、海斗はいなかったが、多くの児童が真剣な顔で机に向かっているのが、教室の外からもマジックミラー越しに見えた。

姉の悪口を言っていたエルメスバッグの母親の娘もいた。白いブラウスに紺のキュロットという格好のその子は、いかにも上品で賢そうなお嬢さんに見える。

応対してくれた女性にパンフレットとチラシを渡して去ろうとすると、「ちょっとお待ちになって」と藤森先生に呼び止められた。

「海斗君のおばさまでしたね」

「はい、そうですけど」

「ちょっとお話ししたいことがあるのですが、お時間、ございます?」

私は藤森先生と、前と同じ部屋で差し向かいに座った。

「ごめんなさい、お引き止めして」

「いえ、今日はもう帰るだけですから。お話ってなんでしょうか」

以前、枠をくれと言われたことを思い出し、ちょっと身構えた。

「私ね、長年小学校受験の指導をしてまいりまして、この夏期講習の時期が一番大事だって思っているんですけどね」

「もしかして、海斗になにか問題でもあるんでしょうか」

「いえ、そうじゃないんです。海斗君じゃなくて、お母様が……」

「姉ですか?」

「海斗君のお母様にだんだん余裕がなくなってきていて、心配なんです」

チラシをポスティングしていた姉の姿が頭に浮かんだ。

「あの、余裕がないって、具体的にはどういった?」

「海斗君を教室の前で叱りつけたり、講評のときに質問する様子が殺気立っていたりするんです。そういうお母様はこれまでにもいらしたんですが、あまりいい結果に結びつきませんでした。この時期に余裕を持てというのも難しいかもしれませんし、みなさん、多かれ少なかれ切羽詰まって、おかしくなってしまう部分はあるんです。けれども海斗君のお母様は、特にひどくて。このままでは不安です。例えば、海斗君が試験本番で泣いたり、粗相をしたりしてしまう可能性だってあります。母親の精神状態は子どもにすぐ影響を及ぼしますからね」

そういえば、舞花の小学校受験前にも姉はかなりヒステリックになっていたことを思い出した。

「先生からは姉になにか言ってくださったのでしょうか」

「ええ、私からは、海斗君はペーパーテストがよくできるのだからあまり心配しすぎないようにと申し上げました。海斗君のことを責めるばかりでなく、なるべく褒めるようにと伝えたんですが」

「それでもあまり変わらないんですね」

「合格したいという気持ちは当然、どの親御さんも持っていますが、海斗君のお母様は、あまりにも思いが強すぎるんです。きっと」

「海斗の姉が小学校受験を失敗しているからだと思います」

「こういう教室をやっていて言うのは、説得力がないのですが、小学校受験がすべてではないですし、それで子どもの人生が決まるわけではないのです。小学校受験の合否って、結局のところ、試験ができたかできなかったかだけではなく、その学校とお子さんが合う、合わない、つまり相性だったりしますからね。せっかくこんなに苦労して親子ともども頑張ったのにと、親御さんは思うのでしょうけれど、合格しなかったからといって、頑張ったことは決して無駄にはならないんです。小学校受験のための勉強は、将来の学習の基礎になりますからね。でも、なかなかそう思える親御さんは少ないですね」

「要するに、目の前のことしか考えられないんですね」

「仕方がないとは思いますが、私としては、歯がゆいです。いくらお子さんが素直で優秀でも、お母様やときにはお父様、最近などは、おばあ様によって潰されてしまう場合があるのですから」

「あの、私ができることはなにかありますでしょうか」

「海斗君のお母様、ひとりで頑張っていらっしゃるから、余計に追い詰められてしまうんだと思います。ですから、海斗君のお母様の愚痴を聞くのもいいと思いますし、とにかく、なにかお母様の気分転換をしてさしあげてください。それと、お母様以外の人もできるだけ海斗君のそばにいて、海斗君を甘えさせてあげてください。おばあちゃまでも、もちろん、おばさまご自身でも。お母様とばかりいると海斗君の逃げ場がないですから。お盆休みにご親戚でどこかに旅行なさるのもいいかもしれませんね」

私はすぐに姉に連絡し、藤森教室を出たその足で姉の家に遊びに行くことにした。

向かう電車のなかで、「軽井沢に姉や海斗を連れて行ってあげればよかったのか」と、祐介の提案を勝手に断ったことを申し訳なく思っていた。

途中で買ったケーキをみやげに訪ねると、舞花も海斗も家にいて、ショートケーキをすごく喜んでくれた。

紅茶をダイニングテーブルに運んできた姉は、以前よりいっそう頬がこけたような気がする。用賀で見かけた折は遠かったので、ここまで痩せたことに気づかなかった。

「香織、広報の仕事、大変でしょ。変な噂が立ってるからね」

姉は思いのほか落ち着いていて、少し安心した。

「うん、まあ、なんとか乗り切るよ」

「香織、もし子どもが生まれても、仕事はやめちゃだめだよ」

「え？」

「あたしみたいに、子どもにしか人生をかけるものがないって、結構しんどいよ」

姉は疲れた表情を浮かべた。

「お姉ちゃん……」

いつもと違って弱々しく見える姉に、うろたえた。

「どうしたの？　らしくないよ」

「なんか、ときどき、疲れ果てて、すべてを放り出してどっかに逃げたくなるんだよね」

姉は、舞花と海斗がソファーの前でケーキを食べる様子を見ながら呟いた。その横顔が哀愁をおびていて、私の胸は締め付けられた。

「お義兄さんは、お盆に戻るの？」

「忙しいから休めないかもしれないって。まあ、帰ってくるのにお金もかかるしね」

「お姉ちゃん、じゃあ、どっか近場に一緒に行かない？　お盆はふたりとも教室や塾がないんでしょ。気分転換しようよ」

笑いかけると、姉も笑顔になった。

「祐介さんも一緒にってこと？　ふたりとも喜ぶわー」

「あ、う、うん、そうだね、祐介も誘うよ」

祐介を誘うのは気が進まないが、姉にはそう言えない雰囲気だった。

「早速どこに行くか決めようよ」

私は舞花と海斗にも意見を訊いた。ふたりともはしゃいで、嬉しそうだ。姉と相談の結果、日帰りで江ノ島に行くことにした。

家に戻って、祐介におそるおそる江ノ島に行く計画を伝え、一緒に行こうと誘った。

「いいよ。舞花ちゃんや海斗君と出かけるの、楽しそうだなー」

拍子抜けするほど気持ちよく賛成してくれた。

「祐ちゃん、ありがとう」

「こないだの香織の話聞いて、そんなに大変なのかって、俺、アンジェラのこと検索してみたんだ。そしたら、副校長のこととか想像以上におおごとになってるみたいで、香織が苦労しているのがわかったっつうか。小学校受験のこともさ、上司の子どもが今年受験らしくて、話ちらっと聞いてみた。すごいよね、小学校受験の世界。俺、甘く見てたわ。中学受験とはまた違うね。親の受験って感じ」

「たしかに、小学校受験はすごいことになってるよ」

「そういうことも含めてさ、香織、俺にもっと話してよ。そうしたら俺だって理解するし」

祐介は自分の心の狭さをうまく私の説明不足に責任転嫁しているように思えて、もやもやするが、少なくともいまの私の仕事を受け容れようとしていることには違いなかった。

「わかった、私の言葉も足りなかったね」

私はちりっとした違和感を飲み込んで、夫婦円満のために譲歩し、祐介を立てたのだった。

お盆の真っ只中に姉と舞花、海斗、祐介とともに江ノ島に行った。すし詰めの江ノ電に揺られ、新江ノ島水族館では人の頭ばかりを見て、名物の生しらすどんぶりを出す食堂では一時間以上待たされた。

お盆休みを甘く見ていた私は、あまりの人出と混雑にくらくらした。それでも、江ノ島海岸で波に戯れる舞花と海斗の無邪気な姿や、ふたりの子どもに砂に埋められて喜んでいる祐介、姉のリラックスした表情を見たら、来たかいはあったと思った。

八月後半は、ホームページをさらに充実させることに時間を費やした。聖アンジェラ学園初等部が取り組んでいる具体物を使った算数の授業、アクティブラーニングの実践、職業体験の様子、ミュージカルや演劇鑑賞のことなど、取りこぼしていた魅力的な授業の内容や行事を紹介し、九月十五日の入試説明会にひとりでも多く来てくれるように準備をした。

二学期

1

始業式の日は、災害を想定した引き取り訓練があり、たくさんの母親たちが学校に子どもを迎えに来た。なかには、副校長の噂について担任に詰め寄る人もいた。その一週間後の学年懇談会でも副校長の話題が保護者から出た。学校側は毅然として否定したが、まだまだ傷跡は大きいことを思い知らされた。

ただ嬉しかったのは、古橋さんが「舞花さんが来ました」と教えてくれたことだ。

「シャープペンシル、私のところに持ってきてくれました」

そう言って古橋さんは柔和な笑みを浮かべた。

「あの、本当に感謝しています」私は深く頭を垂れた。

二週間後の九月十五日に行われた入試説明会は、残念ながら盛況とは言えず、講堂には空席が目立った。取材と撮影に来たテレビ毎朝の角谷に慰められる始末だった。

「気を落とさないでください。僕は、聖アンジェラ学園は伸びていく学校だと思いますよ。なにより、先生方の熱意が伝わってきます。いい感じに紹介できるはずですから。放映は年明けなんで、今年の入学試験には間に合わないですけど」

願書提出を控えて、小学校受験はいよいよ大詰めの時期に入った。

私は江ノ島以来、姉に様子伺いのメッセージをたまに送っていたが、海斗の受験が近づくにつれ、だんだん姉からの返信が遅れがちになっていたので、姉の精神状態が心配だった。

そんなある日、たまたま休み時間に廊下で舞花と鉢合わせた。

「海斗の様子はどう？　ママ、元気？」

さりげなく訊くと、舞花は顔を少し曇らせ、「面接が始まったりして忙しそうだよ」と答えた。

「うまくいくといいね」

舞花が頷いたとき、チャイムが鳴った。

「じゃっ、かおちゃん、あたし、行くね」

走り去る舞花の背中を見送りながら、海斗がなんとしても志望校に合格しますようにと祈った。

十月一日から願書の受付が始まった。けれども残念なことに、聖アンジェラ学園初等部の入学考査を希望する児童の数は、定員に満たなかった。今年も二次、あるいは三次募集をかけなければならないようだ。

広報活動が結果に結びつかなかったことに、重い責任を感じていた。学校という教育機関は、収益をあげるための企業とは勝手が違いすぎた。これから先、どのようにして広報活動を進めていったらいいのか、自分は役に立たないのではないだろうかと、私はすっかり自信をなくしてしまっていた。

十月後半には、事前面接に来た緊張した面持ちの親子を校内で見かけるようになった。みんながおしなべて同じような服装だった。気持ちが悪いくらい画一的だ。姉と海斗だけでなく、藤森先生のところのエルメス親子も同じような装いでどこかを歩いているのだろうかと、ふと思った。

父親は濃紺あるいはグレーのスーツ、母親は紺色のワンピースやツーピースだった。女の子はグレーや紺の襟つきワンピースが目に付いた。胸に刺繍が入っている場合もある。そして男の子のほとんどが白いポロシャツにグレーまたは紺色の半ズボンとグレーや紺のベストという取り合わせだった。

姉から、小学校受験の服をオーダーメイドで作る店や個人のアトリエが都内にいくつかあると聞き、三軒ほど告知チラシを配った。そこは、受験する学校に合わせたスタイルに、その子自身の顔色や雰囲気を考慮して服を作ってくれて、だいたい夏休み中に発注するというシステムだそうだ。姉は舞花には以前五万円でワンピースとボレロのセットを五反田《ごたんだ》にあるアトリエで作り、海斗には今年同じところで、紺の半ズボンとグレーのベストを約三万円でオーダーしたという。既製のものをデパートなどで買う人が大多数のなか、オーダーメイドで臨むのは面接や試験の印象が格段に違うと姉が信じているからのようだ。小学校受験の世界には、こういった特殊なビジネスが存在することにも、驚いてしまう。

2

東京都の有名私立小学校のほとんどが十一月一日を試験日にしている。

しかし、聖アンジェラ学園初等部は、一日をあえて外して十一月三日を試験日として設定した。十一月一日に他校を受けた児童が、第二志望や第三志望として聖アンジェラ学園を併願してもらえるようにと考えての日程で、職員会議で早々に決められていた。

準備や手続きなどを合わせた入試期間の十一月一日から五日まで、在校生は休みとなる。臨時職員である私は、試験当日の十一月三日だけ出勤することになり、一日、二日と家にいた。

海斗の第一志望校の試験と面接が一日と二日の二日間かけてあった。この二日間で、姉と海斗のこれまでの努力が報われるかどうかが決まってしまう。様子が気になるが、姉からはまったく連絡がなかったし、こちらからも連絡はしづらかった。結果は三日にでるらしい。

十一月三日は、聖アンジェラ学園初等部の入学試験の手伝いに出向いた。筆記試験では教室の前方、行動観察では体育館の後方の隅に座り、不測の事態に備えて控えているという役目だ。

私は入学試験に取り組む、生まれてまだ六年ほどの子どもたちを見守った。

聖アンジェラ学園初等部のペーパー試験は、それほど難易度の高いものではない。

設問は口頭で伝えられ、紙に○をつけるというスタイルだ。点図形という、点をつなげて形を表すという問題。数の違う動物や植物が左右に分かれ、どちらの量が多いかを答えるもの。それから、同じ季節の花や木の様子と虫や風景を線で結ぶという問題だった。最後は画用紙にクレヨンで休みの日の絵を描くという課題もあり、その絵をもとにのちほど子どもに説明をさせることになっている。

体育館では、指示行動が的確にできるかを見るために、「右に行ってボールを三回つき、そのあとまっすぐ走ってでんぐり返しを一回、そして片足ケンケンをする」という指示を与え、実行させ、グループに分かれて順番を競わせる。さらに、行動観察として鬼ごっこをさせた。遊びの様子を通して協調性や基本的な運動能力、反射神経を考査するのだ。

私は、初めて見る小学校の入学試験の様子に、ずっと目が釘付けになっていた。

みんな実に器用にペーパーテストや行動観察の実技をこなしていた。真剣勝負の子どもたちの姿を目の当たりにして、感動すら覚えた。子どもの適応能力と可能性というものは素晴らしいものだと思う。同時に、幼い子どもがここまでこなせるほどよく訓練されていることに痛々しさを感じ、複雑な気持ちになった。

聖アンジェラ学園初等部の入学試験を受けたのは、Aクラスとαクラス合わせて定員が六十人なのに対して、たったの三十七人だけで、試験はすべて午前中で終了した。広報としては、もう少し多かったらと歯嚙みしてしまう。

私は役目を終えて職員室に戻るやいなやスマートフォンの着信とメールを確認した。すると、姉の自宅から電話が入っていた。今日は海斗の第一志望校の合格発表があったはずだ。

廊下に出て姉の自宅に電話をかける。きっと合格したに違いない、海斗はよくできると藤森先生も言っていたからと自分に言い聞かせて、呼び出し音に耳を傾けた。心臓の鼓動も速まってくる。

　電話に出たのは、義兄だった。海斗の入学試験のために休みをとって九州福岡から東京に戻ってきている。

「香織さん、海斗はダメでした」それだけ言って、義兄は押し黙った。

　足元から急に力が抜けていく。私は、廊下の壁にもたれかかり、どうにか体勢を崩さずに保った。

「あの、あ、姉は、大丈夫ですか？」声を振り絞って訊いた。

「ショックが大きいようですけど、試験を受ける学校がまだあるので、なんとか気持ちを持ち直そうとしているようです」

　通話を切って、よろよろとした足取りで職員室に戻り、自分の席に座った。

「小川さん、顔色が悪いですけど？」

　正面の席の古橋さんが立ち上がり、心配そうに私の顔を覗き込む。

「あの、すみません。私ちょっと体調が……失礼してもいいでしょうか」

「もちろんです。大丈夫だと思いますよ。私から校長様や副校長にはお伝えしておきます。午後は採点と合格者を決める会議ですので、小川さんはお帰りになっても問題ありませんし。私ももう少ししたらお先に失礼するつもりです」

「じゃあ、すみませんけれど、これで」

私は頭を下げるとすぐにバッグを持って職員室を出たのだった。

自宅マンションに戻っても、何も手につかず、リビングを行ったり来たりしていた。惰性で点けたテレビに、おむつのコマーシャルが流れ、海斗の赤ちゃん時代を思い出した。くるくるとよく動く瞳ではいはいをしていた様子や、歩き始めたばかりの頃に手をつないで多摩川の土手を散歩したことなどが次々に頭に浮かんできて、胸が苦しくなってくる。

海斗はいまどんな思いでいるのだろうか。

舞花も心を痛めているのではないか。

姉が追い詰められていないといいけれど。

私はいてもたってもいられず、スマートフォンから姉の携帯に電話をかけた。

コールが鳴り続けるが、応答はない。

三度ほどかけ直したが、留守番電話につながってしまう。私はメッセージを送ることにした。

「お姉ちゃん、気を落とさず頑張ってね。陰ながら応援しているね」

文字を打ち込んではみたが、気休めにもならない言葉に思えて、文面を削除した。いろいろと悩んで言葉を変えてみるが、結局メッセージは送らなかった。

海斗の受験はまだ終わっていないので、すべてが済むまでそっとしておこうと思ったのだ。

そのとき、手の上のスマートフォンが震えた。着信表示には、名前でなく数字が現れているということは、登録していない相手の番号だということだ。

一瞬のためらいののち、電話に出る。

「わたくし、海斗君の通っている教室の代表の、藤森です。海斗君のおばさまですよね？」

「はいそうですが」

藤森先生には名刺を渡したが、なぜいま藤森先生から電話がかかってくるのだろうと不思議だった。

「実は、至急お願いしたい件がございまして、ご連絡いたしました」

「至急ですか？　どんなご用件でしょう」

海斗か姉になにかあったのかと頭が混乱する。

「うちに通われているお子さんのことなんですけれどね……」

藤森先生の頼みとは、藤森教室に通う児童が第一志望校も滑り止め校も両方落ちたので、もし聖アンジェラ学園の二次募集があれば、その子の親御さんに受験を勧めたいということだった。

「お母様もおばあ様も卒業生だから絶対に大丈夫だと思って、本命以外の滑り止めを一校しか受けていなかったんです。しかも、そこも結構倍率の高いところで。まだこれから先、国立もあるからと言ったのですが、国立は受けるつもりがないようでね。かといって近くの公立小学校には絶対に行きたくないらしいんです。親子で仲の悪い、幼稚園のお友達が行くので、一緒になりたくないということみたいなんです。だから、そのお子さんに聖アンジェラ学園をすすめてみようと思っているんですよ。中学受験でまたお母様の母校に挑戦できますでしょう。それに、わたくし、聖アンジェラ学園初等部は、とても素晴らしい取り組みをたくさんなさっていて、これからの小学校だと思っておりますから」

「藤森先生、過分なお言葉をありがとうございます。今年も二次募集は行います。試験日は二十日の予定です。願書は六日から配布しますので、事務所に取りに来ていただければ。願書の提出は十八日まで、受け付けております。明日には、ホームページにも二次募集について載せますので」

「だからね、小川さん。私が申し上げたいのは、つまり、こういうことなんですよ」

藤森先生は、願書を五部ぐらい教室に持ってきてくれれば、ほかにも試験に失敗した児童の親御さんに聖アンジェラ学園初等部の二次募集受験を勧めてくれるということだった。補欠待ちの児童の保護者にも声をかけてくれるとのことだ。

「そちらは、定員に満たないのですから、良いお話でしょう?」

ありがたいのは事実だが、高飛車な言い方が癇に障る。

「明日さっそく願書をお持ちします。ありがとうございます」私は感情を抑えて言った。

「五部と言わず、七、八部持ってきてくださってもよろしいですから。よろしくお願いしますね」

「わかりました。では、明日」

通話を終えようとしたら、「そうそう」と藤森先生が話を続けた。

「海斗君のことなんですけれど、今日発表でいらっしゃるでしょう。まだお母様からこちらに連絡がないのですが、そちらに結果のお知らせはございました?」

「え、まだご連絡していないんですか?」

私は思わず声が大きくなった。

「海斗君、実力が出せれば、絶対大丈夫だとは思うのですけれど……」

私は何も答えられなかった。

「もしかして、ダメだったのですか?」藤森先生の声が低くなった。

「あ、はい……」

「まあ……」藤森先生はさらに沈んだ声になる。

私は気まずい空気を引きずったまま、藤森先生との通話を終えた。

3

翌日は、聖アンジェラ学園初等部の入学試験の合否発表があった。これまでは掲示だけだったのを、今年からインターネットでも結果がわかるようにした。

職員会議の末、どうしても合格ラインに満たない二人だけが不合格で、三十七人中三十五人が合格となった。

私は広報として二次募集の告知を大急ぎで行った。藤森教室以外の教室にも、募集案内を掲示してもらえるよう連絡した。もちろん、ホームページやSNSにも募集要項を載せた。

夕方、二次募集の願書を持って藤森教室に向かう途中、「親バカ通り」の道端で、見覚えのある女性ふたりが大きな声で口論をしているところに遭遇した。

ふたりとも、以前喫茶店でおしゃべりをしていた母親だ。率先して喋っていた女性はシャツにパンツという比較的ラフな格好だが、今日もエルメスのバーキンを持っている。子どもは連れておらずひとりだった。一方、あのときに聞き役だった女性は、お受験スタイルの紺のかしこまったワンピースに身を包み、やはりきちんとしたワンピースを着た女の子を連れていた。娘のワンピースの胸元には、お受験定番のスモックの刺繍が施されている。

ふたりの間に流れる空気はかなり険悪な感じに見える。

ただならぬ雰囲気を察した私は、少し離れた場所で立ち止まり、やりとりを見守った。

「だんだん縁故が利かなくなってきたんじゃない。そうじゃないと学校のレベルも下がっちゃうから、当然だけど」

女の子と手を繋いでいるワンピース姿の母親は、薄ら笑いを顔に浮かべている。

「鶴見《つるみ》さん、話が違うじゃない。うちの子と同じ学校受けるって言ってなかったじゃないの。あなたんとこが受けなければ、うちが入っていたかもしれないのに」

エルメスの女性は、目がつり上がり、恐ろしい形相になっていた。

「でも加奈子《かなこ》ちゃん、補欠にも引っかかってないんでしょ。うちが受けたことと、加奈子ちゃんが落ちたことは、関係ないんじゃないの」

「おかしい。うちの加奈子じゃなくて、あなたんとこの子が受かるのは、ぜったいにおかしい」

顔を引きつらせて、叫ぶように言った。

「私、前から思っていたんだけど、南《みなみ》さんのそういう傲慢な性格、加奈子ちゃんもそっくりなのよね。だからきっと行動観察でぼろが出ちゃったのよ」

「なんですって」

南と呼ばれたエルメスの女性は、鶴見という母親の頰を叩いた。音までは聞こえなかったが、力が込められているのはわかった。

鶴見は、何が起きたのかわからない様子だったが、すぐにはっとして頰を手で押さえた。

「いったーい」顔をゆがめている。

横にいる娘は、いまにも泣き出しそうだ。

叩いた南も、自分の取った行動に驚いたのか、啞然としている。

「ひどいことするのね」鶴見は南を睨《ね》めつけた。

「あ、あの、ごめんなさい、私……」

「あなた、最低ね。落ちて当然」

鶴見は吐き捨てるように言い、娘とともにその場を立ち去っていった。

私は、肩を落として歩く南と一定の距離を保ちつつ、藤森教室に向かった。動揺していたが、気持ちをなだめながら歩く。

先に教室に入った南からあえて五分ほど間をおいて藤森教室を訪ね、玄関先で藤森先生に願書の束を渡した。

「お待ちしていましたのよ。わざわざお持ちいただいて、助かります。この願書をお渡ししようと思っていたお母様が、たったいまご挨拶に見えたので、ちょうど良かったです。応接室にお通ししたところなんですよ。さっきまでは、合格された方が親子で挨拶にいらしてたんです。なんか、バタバタしていてお構いできず、ごめんなさいね」

藤森先生はそわそわしているような感じだった。きっと私とゆっくり話している時間はないのだろう。

「いいえ、とんでもないです。お忙しいところ、かえってすみません。聖アンジェラ学園の二次募集、どうか、よろしくお願いいたします」

私は頭を下げて、すぐさま藤森教室を辞した。

帰りの電車の中で、藤森先生が聖アンジェラ学園の二次募集を勧めようと思っている母親があのエルメスの南だったのかと思うと、どんよりとした気持ちになってしまった。

いくら自分の子どもが落ちてほかの子どもが受かったのが悔しかったからとはいえ、いい大人が人の頬を叩くなんて常軌を逸している。あんな保護者が聖アンジェラ学園初等部に関わるようになったら、それこそ学校にとっては大迷惑なことになるのではないだろうか。神林勇気君の母親よりもすごそうだ。

それにしても、小学校受験というのは、恐ろしい世界だ。

姉も落ちたショックで南のようにおかしくなってしまっていたらどうしようと、急に不安に襲われ、そのまま自分のマンションに帰らずに、姉の家に向かった。

玄関の外からもリビングに灯りが点っているのがわかった。

チャイムを鳴らすと、インターホンのカメラ映像で私の姿がわかったらしく、かおちゃんだーという海斗の明るい声と足音とともに、ドアが開いた。抱きついてきた海斗を両腕で受けとめ、頭を撫でる。よく見ると、海斗は、おメダイで作ったメダルを胸につけていた。聖アンジェラ学園の運動会でお土産にもらったものだ。

「海斗、おメダイのメダル、気に入ってるんだね」

「うん、僕、これつけて、頑張るんだ。こくりつ、まだあるから」

つまり国立小学校の受験がこれからまだあるということだと思うと、その健気さに、思わず海斗をハグしてしまった。

家にあがり、リビングに入ったが、誰もいなかった。

「ママは?」

「お母様はお姉ちゃまと一緒にコミットに買い物に行ってるよ」

海斗の様子には屈託がなく、試験に落ちたことの影響は、表面上は見られないので、私は胸をなでおろした。

「海斗ひとりだけ? パパは?」

「さっき、飛行機に間に合わないって、行っちゃった。お父様は明日会社なんだって」

「ひとりで留守番、えらいね、海斗」

「僕もう六歳だからねっ」得意げな顔になる。

海斗は素直で可愛くて、愛おしい。こんなにいじらしく成長しているのだから、受験の失敗なんてどうでもいいと思った。

「そっか、じゃあ、かおちゃんがお菓子買ってきたから、それ食べて、ママとお姉ちゃんを待っていようね」

コンビニで買ってきたスナックの袋菓子やチョコレートなどが入ったレジ袋を見せると、海斗がわーいとその場でジャンプする。

几帳面な姉らしく部屋の中は綺麗に片付いていた。いつもと変わらない様子に安心する。

私は買ってきたペットボトルのお茶をコップに注いだ。海斗は袋菓子の封をちゃんとはさみで開けている。小学校受験の訓練の賜物とはいえ、はさみの扱いがうまくて、あらためて驚く。幼いままの性格とのギャップがなんだか妙に切なくもあった。

電話が鳴り、海斗が受話器を取る。

「もしもし」

海斗は相手の話を聞くと、首をかしげて私の方を見た。

「かおちゃん、なんか、大人の人がいたら替わってって」

海斗が受話器を差し出したので、私は電話口に出た。

「はい、替わりました」

「末松さんのご家族の方ですか」

電話の向こうから聞こえるのは、大人の女性の声だった。

「はい、そうですが」

「こちらは、スーパーコミットの警備員をしている田中ですが」女性はそこで言葉を切った。

なぜスーパーの警備員から電話があるのだろうか。姉の財布とか、舞花の定期でも店内に落ちていたのだろうか。

「舞花さんを迎えにいらしていただきたいんです」

いったいなにが起きたのだろうか。見当がつかない。

「舞花だけそこにいるんですか？　母親は？」

「実は、私どもの商品を万引きした疑いがありまして……」

「万引き？」

田中さんの言葉を遮って、声をあげてしまった。海斗がポカンとした顔でこっちを見ている。

舞花が万引きって、どういうことなのだろう。

友達のシャープペンシルを古橋さんに渡したのに、なんでまた？

やはり、母親の不安定な精神状態や、海斗の受験によるピリピリした家庭の雰囲気が舞花を追い詰めてしまったのだろうか。

これはたいへんな事態になってしまった。

私は動揺して、田中さんが続けて話した内容がよく聞き取れなかった。

「……ですので、お話をじっくりと伺うために、舞花さんには先に帰っていただこうと思いまして。いま、お母さんとは別室にいますので」

田中さんの言っていることが、まったく要領を得ないように思えた。

「え？　帰るって、舞花の話を聴くのではないのですか？」

「いえ、お母さんに詳しく事情聴取をしたいので」

「母親に事情聴取ですか？」

「説明が悪かったですね。万引きの疑いがあるのは、お母さんのほうです。末松逸美さん」

頭を殴られたような衝撃が走った。

「あ、姉が、ですか？」

「妹さんでいらっしゃるんですね。では、すぐにこちらにいらしていただけませんでしょうか。場所はおわかりになりますか？」

私は通話を終えると、大急ぎでスーパーコミットに向かった。海斗を同行させるかどうか悩んだが、ひとり置いておくのも心配で、一緒に連れて行った。

4

スーパーコミットの従業員出入口からバックヤードに入り、田中さんの案内で、小部屋に通された。電話をくれた田中さんは、五十代初めぐらいの小柄な女性で、警備員というよりは、パートのおばさん、といった気さくな印象の人だった。

小部屋には舞花がペットボトルのジュースをすすりながら、所在なげに座っていた。首には、私のあげたおメダイがあり、舞花はそれを両手でしっかりと握っている。

「舞花さんには、お母さんが万引きしたことは言っていません。状況がわからないように、すぐこの部屋に連れてきました」

田中さんは私に耳打ちしてくれた。田中さんにも中学生と高校生の子どもがいるそうで、その配慮がとてもありがたかった。

「無意識にポン酢を手にしてバッグに入れていたとおっしゃっています。初めてのようですし、すぐに帰れると思いますから、ここで待っていてください。警察にも通報しないつもりです。深く反省されていますしね」

子どもたちに聞こえないように気を使ってか、田中さんは小声でさらに教えてくれた。私は、舞花と海斗とともに、小部屋で姉を待った。

大事に到らなくて、本当に良かったと思う。

三十分もしないうちに、姉が田中さんに連れられてきた。憔悴《しょうすい》した表情で姉が何度も田中さんに頭を下げる様子を見ているのは辛い。

「さあ、帰ろうよ」

姉に向かって明るく言った。姉は私の姿を認めると、さっと目をそらした。

「香織、ごめんね」

姉はやっと聞き取れるぐらいのか細い声で言った。

「お腹すいたから、みんなでファミレス行って、食べて帰ろうか」

私が提案すると、海斗が「いえーい」と跳び上がった。しかしさすがに五年生の舞花は、いつもと違う母親の様子や、田中さんとのやりとりを不審に思ったようで、表情が暗いまま特に反応がなかった。

ファミリーレストランに着いても、姉は無口だった。目もうつろで、いつもの気丈さが感じられなかった。注文したカレーライスもスプーンでいじくりまわすだけで、ほとんど口をつけない。

海斗がお子様ラーメンを、舞花がドリアを、私がハンバーグを食べ終わった。子どもたちがドリンクバーに行き、私と姉が席に残ると、姉が、ふうう、と大きく息を吐いた。そして私の顔をまっすぐに見つめる。

「もう、やめようかな、受験。ぜーんぶ」

「どういうこと？　海斗、国立がまだあるんでしょ」

「なんか、もう、どうでもよくなった。舞花も、もういいや、公立中学で」

「お姉ちゃん、そんな投げやりなこと言わないでよ」

「なんか、これ以上続けたら、頭がおかしくなりそうなんだもん。経済的にも、いっぱいいっぱいだし。しょせん、格差をひっくり返すことなんてできないんだよね。子どもをエリートにしようなんて夢を見るのは、やめなきゃね。凡人は、凡人らしく、つつましく、自分のいる場所をわきまえなきゃね。無理したって、背伸びしたって、ダメなものはダメなんだもん」

私は返す言葉が見つからず、黙ってしまった。

「藤森で、セレブママに蔑《さげす》まれて悔しかったの。いつか立場をひっくり返してやるって思ってた。

だけど、あれが世の中の縮図だったのね」

姉は疲れきった顔で、水の入ったコップを弄んだ。

舞花と海斗がドリンクを持って席に戻った。

「ねえ、舞花、海斗」姉がふたりに、優しく話しかける。

「明日、福岡のパパのところに行こうか。舞花の学校も休みだから、海斗も幼稚園、もう少しお休みしてさ」

姉が、お父様でなく、パパと言っている。

「行く、行くー。パパのとこ行く！」海斗は、万歳するように両手をあげて喜んだ。

海斗も、パパと言っているのが私は嬉しかった。

「でも、あたしは明日、塾があるよ」

「いいよ、行かなくて」

「どうして？」舞花が不安そうな顔になる。

「明日だけじゃなくて、もう行かなくていいよ」

「あたしの成績が悪いから、怒ってるの？」

舞花は怯《おび》えたような目で自分の母親を見たのち、うつむいてしまった。右手はおメダイに触れている。

「そうじゃないの。ママね、舞花に勉強、勉強って言いすぎて反省しているの。だから、舞花が嫌なら無理して中学受験もしなくていいかなって思ってね」

いつもと調子の異なる母親に、舞花は戸惑ってしまったようで、私に助けを求めるような視線を送ってきた。

私は、舞花の不安を払拭しようと笑いかけた。

「舞花、家族でパパのところ、行ってきたら。ママがそう言っているんだから。受験のことは、パパやママとゆっくり相談すればいいんじゃない？」

舞花は小さく頷いた。

「福岡に行くとなったら、早く帰ってしたくしなくちゃね」姉は少しだけ明るい声を出した。

「お姉ちゃん、ここは、私が払っとくから、行っていいよ。私はコーヒーをもう一杯おかわりして飲んで、そのまま家に帰るよ」

「わかった。そうさせてもらうね。ところで、香織、なんでうちにいたの？」

「あ、うん、なんとなくみんな元気かなって思って寄ってみたの」

「海斗の結果を知って、心配して来てくれたんだね」

「うん、まあ、そうだけど……」

「香織、今日は本当にありがとう」

私を見つめる姉は、瞳に以前のような鋭さはまったくなく、とても穏やかで、かつ、さっぱりした顔をしているように見えた。

5

次の日、合格発表から一夜明けての十一月五日は、合格者が聖アンジェラ学園初等部に来て、入学手続きをする日だった。

学園には朝からすでに何本か、入学辞退の電話が入っていた。それはつまり、聖アンジェラ学園と他校とを併願した児童が、ほかの合格校に進学を決め、聖アンジェラ学園初等部には入学しないということである。

私は現実の厳しさを痛感しつつ、二十日に試験を行う二次募集の告知に努めた。ここで一定数児童を獲得しなければ、三次募集もかけなければならないからだ。

聖アンジェラ学園のホームページに掲載するのは当然のこととして、学校説明会や入試説明会の告知をした小学校受験の教室や等々力地域の掲示板にもチラシを貼ってもらった。急遽《きゅうきょ》、駅やバス停、車内に広告もうち、フリーペーパーや行政のホームページにも情報を載せてもらうように取り計らった。

一次募集において最終的に聖アンジェラ学園初等部への入学手続きを行った児童は二十三人で、そのうち普通クラスのAクラス志望が十五人、中学受験に特化したαクラス志望は八人だった。八人のうち、六人が女子である。この児童たちのなかからも、これから入試が行われる国立小学校に合格したり、ほかの私立小学校の補欠が回ってきたりして、入学辞退を申し出る子どもたちが出てくる可能性があったが、昨年よりは手続きをした人数は多かったようだ。

私は入学希望の児童が少ないことに心が折れかけていたが、気持ちを強く持って仕事に臨んだ。けれども、校長様も副校長もあまり動じていないようで、かえって私に感謝してくれたりして、申し訳ない気持ちでいっぱいになった。

自宅マンションに戻っても、ダイニングテーブルにノートパソコンを広げて細かい作業を行っていた。没頭していたら、祐介がいつのまにか帰ってきて、目の前にいた。

「アンジェラ、どんな感じなの？」

祐介には、今年も聖アンジェラ学園初等部の人気がいまひとつで、入学試験の志願者が定員に満たないことは伝えてあった。私は夏休み以降、なるべく祐介にも仕事の話をするようにしていた。

「今年手続きした人数、去年よりはちょっと多かったみたい。だけど、定員にはとうてい満たなくて、私が広報をやったこと、なにも実を結んでない」

「香織、落ち込むなよ。いくら香織でも、そんなにすぐに劇的な結果は出せないって。スキャンダルもあったのに、手続きした人数が増えたんだったら、頑張ったほうじゃないの。それに、一年間の臨時職員なんだし、あまり重荷に思わなくていいんじゃない？」

「うん……そうだよね」

私は、一年だけでなく、来年度もこのまま聖アンジェラ学園の広報の仕事を続けたいと思うようになっていたが、いまはまだその気持ちを祐介には言わないでおいた。いずれタイミングを見計らって伝えるつもりでいる。

「ところで、海斗君はどうなったの？」

祐介には昨日の万引き事件のことはもちろん、海斗がどこにも合格していないことは話していなかった。祐介も気を利かせてか、海斗のことをこれまで訊いてこなかった。

「なんかね……だめ……だったよ」

昨日のことや、海斗の無邪気な顔が浮かんで、不覚にも涙がこぼれてしまう。

祐介は黙って近づいてきて、私の肩をそっと叩いて慰めてくれた。

6

十一月二十日の聖アンジェラ学園初等部の二次募集には、十八名が願書を提出し、全員が合格した。南加奈子はトップの成績で合格し、授業料半額免除の特待生として、入学手続きを行った。

私は南が親バカ通りで鶴見の頬を叩いたことを思い出し、南加奈子の合格を素直に喜べなかった。校長様や副校長、せめて古橋さんに南を要注意人物として知らせておきたいが、そんな告げ口みたいなことをするのははばかられた。

悶々としていると、手続き日の翌日に、南加奈子の母親と称する女性から突然辞退の申し出の電話がかかってきた。

以前、藤森教室の近くのカフェで南が聖アンジェラ学園を馬鹿にするような発言をしていたことを思い出し、やはりプライドが高い南には、聖アンジェラ学園に娘が通うのが耐えられないのだろうと思った。癖がありトラブルメーカーにもなりうる母親を持つ南加奈子が辞退してくれたことは、聖アンジェラ学園初等部にとっては良かったのではないかと、私は密かに喜んでいた。

けれども私の思いとはうらはらに、入学手続き後の辞退、しかも特待生の辞退ということで、学校側、つまり校長様も副校長も先生方とともに、ずいぶんと落胆していた。

入学手続き後の辞退の場合、書面を提出してもらう決まりになっていたが、電話一本あっただけで、南加奈子の保護者からはいっこうに書類が送られてこなかった。不審に思った学園側が南加奈子の家に電話をかけてみたところ、南は辞退の電話などかけていないという。

誰かが南の名を騙《かた》って、辞退の電話をかけたらしい。

その話を聞いた私は、たちまちピンときた。南に頰を叩かれた鶴見の姿が頭に浮かんだ。あんなことをするくらいだから、南は誰かの恨みを買っているのだ。鶴見が犯人という可能性だってある。

小学校受験には恐ろしい面があるとつくづく思い知らされる。嫉妬ややっかみといったマイナスの感情をむき出しにしてしまう。

私は、南加奈子が来年の新入生として入学してくることに、ますます不安を募らせるのだった。

7

クリスマスイブの日に、私と祐介は姉の家に招かれた。義兄はいなかったが、海斗がクリスマスツリーの前で祐介にじゃれながら天真爛漫にはしゃぎまわり、舞花は心から楽しそうな表情をしていた。そして姉は少し若返ったような気がした。

その日は、クリスマスパーティであると同時に、姉と舞花、海斗との送別の会でもあった。この冬休みから姉一家は、福岡の義兄のところで家族四人一緒に暮らすことになったのだ。舞花は福岡の公立小学校に転校し、そこには来年四月から海斗も入学する予定だ。

私はキッチンに皿を下げ、ケーキを取りに来たタイミングで、姉とふたりで話すことができた。ふたりきりで会話をするのは、久しぶりだった。

「それにしても思い切ったね、お姉ちゃん」

「うん、これが家族の一番自然な形だからね。受験よりももっと大事なものがあるって、いろんな犠牲を払ってみて、初めて気がついたの。あたし、ひとりで追い詰められていたんだよね」

姉の表情は晴れ晴れとしていた。姉一家が福岡に行ってしまうのはさみしいが、私も姉の決断は間違っていないと思っている。

「お姉ちゃん、アンジェラの愚痴、たまには聞いてね。連絡するから」

「愚痴を聞くのは構わないけど、あたしも忙しくなるからなー」

「え、忙しくなるの？」

「うん、福岡では、いままでできなかった習い事とかしたいなって思って。自分の趣味とか、いままでまったくする時間なかったから」

「いいね、何するの？」

「うーん、それが、実は、これから探すんだけどね」姉はいたずらっぽく笑った。

「探すのも、楽しみだね」

「あたしは香織みたいにキャリアがあるわけじゃないからさ。働くっていったって、たいしたことできないから、無理しないつもり。塾とか、お教室とかなければ、家計もなんとかやりくりできるし、ちょっとは余裕もできるしね。なにか、好きになれることみつけようと思う」

姉の言葉は、以前と違って刺がなかった。

「お姉ちゃん、なんだか、よかったね。ほんとに」

Tシャツに汗染みを作ってポスティングをしていた姉の姿が蘇り、私は涙ぐんでしまった。姉にも伝染したのか、姉の瞳も潤んでいる。

「はやくー。ケーキまだなの？」

そう言って祐介がキッチンにきたので、私と姉は素早く涙を拭った。

三学期

1

　年が明け、三学期になったばかりだが、広報の仕事は忙しかった。

　聖アンジェラ学園初等部は、一月半ばに三次募集の入学試験を行うので、その準備のため、今日も朝から会議があった。

　この時期には国立小学校の合否も決まり、私立の補欠の動きもなくなっている。だから今回の三次募集では、最終的に他校の合格からこぼれ落ちた児童を集めることができるとの見込みがあるのだ。

　幸いなことに、年明けすぐにテレビ毎朝の報道番組で「変わっていく私立小学校」というタイトルの特集が放送され、中学受験に特化したクラスを設けた学校として聖アンジェラ学園初等部が紹介された。放送は十二分ほどだったが、旧来の学校の方針である心の教育を大事にしつつ、学力向上を模索している学校として好意的に描かれていた。校長様のインタビュー、公開授業、勉強合宿、老人ホームへの慰問の様子などが編集して放映された。

テレビの反響はすさまじく、ホームページのアクセス数がかなり伸びている。募集がまだあるかという問い合わせも相次いでいた。三次募集に明るい兆しが見えている。

試験の翌週には、私の古巣である会社、クレールが主催する「めばえスクール」も予定されている。四年生の女子を集めて初めてのブラジャーの着け方を指導するレクチャーだ。

しかしながら三学期に入って、初等部全体の雰囲気は、非常に張り詰めていた。αクラスの六年生がいよいよ中学受験を控え、緊張感が高まっていたのだ。一月下旬からは、一足早く神奈川、千葉、埼玉の私立中学校の入試も始まる。

振り返ってみればこの一年はあっという間だった。ここにクレールの社員として来た際には、まさか私が聖アンジェラ学園初等部の広報の仕事に関わることになるとは、ゆめゆめ思ってもみなかった。

私は窓から校庭に目をやり、すっかり葉の落ちた桜の木を眺めた。

花が散っては咲く。

悪いこともあれば、いいこともある。

人生って、なにがあるかわからない。先のことなど、予測がつかない。

身近にも、予想外のことがあった。あんなに子どもたちの受験に熱心だった姉があっさりと舞花の中学受験と海斗の小学校受験を諦めたのだ。

合格という花は姉のところに咲かなかったけれど、家族の花は咲き始めた。きっとその花が咲いたほうが幸せなのだ。

私はこれからどこにどんな花を咲かせるのだろうか。

「小川さん」

前に座る古橋さんに声をかけられ、物思いから現実に引き戻される。

「あ、はい。ぼうっとしていました」

「よかったら、お昼、ご一緒しません？　前に行ったレストランで」

「もうお昼でしたか？　いいですね、行きましょう」

私たちは学校のすぐそばのイタリアンレストランに行った。

「小川さん、一年でおやめになるって本当ですか？」

古橋さんは、席に着くなり訊いてきた。

「当初はそのつもりでしたが、私、続けたいと思っているんです」

「そうしてください。小川さんは戦力としてアンジェラに必要です」

「そう言っていただけると、嬉しいです。でも、夫が、そろそろ子どもが欲しいようで……」

「子どもを産んでも仕事は続けられますよ。もしかして、ご主人は働き続けるのに反対なんですか？」

「はい、おそらく、子どもができたら、子育てに専念しろって言うと思います。いまでも本音では働いてほしくないみたいで……」

「保守的なんですね……わかります。私、ずっと共働きでしたけど、前の夫が、育児も家事もまったく協力してくれなかったですから。基本、働くことにあまり賛成していなかったんですね。お前が勝手に働いているんだから、みたいな感じでした。男の人って、まだまだな人が多いですよね」

「ほんとに、前途多難です」

「でも、小川さんは、お子さんができたわけでもないのですから、是非来年度も続けてください」

「はい、夫に掛け合ってみるつもりです」

「小川さんには続けろなんて言っておいて、なんですが、私、実は、今年度でアンジェラを辞めるんです。そのことをお知らせしたくて、今日ランチにお誘いしたんです」

「え、辞める?」私は驚きのあまりかたまり、古橋さんを見つめてしまう。

「どうしてお辞めになるんですか?」

古橋さんは、えっとですね、と答えてから小さく息を吸い、吐き出した。言いよどんでいるのか、すぐには言葉を発しない。

私はしばらく古橋さんの言葉を待ったが、なかなか切り出さないので、しびれを切らして、自分から、あの、もしかして、と質問した。

「何か、トラブルでも?　言いにくいことですか?」

「いえ、トラブルとか、そういうわけではないんです。あの、ですね。えっと……私、入籍、つまり再婚したので、けじめをつけて辞めようと思いまして」

意外な言葉に、私は「ええっ、再婚?」と大きな声をあげてしまった。ついさっき、子どもを産んでも仕事は続けられると断言したのに、再婚ぐらいで仕事を辞めるのは、矛盾している。よっぽどの事情でもあるのだろうか。

周りの人がこちらを見たので、私は声を低めて、それって、と続けた。

「古橋さんこそ、辞めるのはもったいないですよ。いったいどんな人と再婚するんですか?」

「もしかしたら、小川さんはお気づきかもしれませんが……佐々木副校長と私、付き合っていて。佐々木副校長と再婚したんです」古橋さんははにかんだ表情になる。

私は、えーっ、とまた大きな声が出てしまう。

「ぜ、ぜ、ぜんぜん気づいてないですよ。あの、なんというか、びっくりです」

私は副校長の眼鏡が、「はあとるーむ」にあったことや、古橋さんの副校長を見る視線が優しかったことを猛スピードで脳内に再生したが、どうしてもふたりの結婚を現実のこととして受け止められなかった。

「冬休みから副校長と娘の日菜子と三人で一緒に住んでいるんです。私たち、クリスマスイブに入籍しました。お互い二回目ですし、年齢もいっているので、式をあげたりもしていません。それでも、一緒の職場というのはまずいのではないかと思い、私が職場を去ることにしました」

「佐々木副校長と再婚されたこと、校長様にはおっしゃったんですか?」

「いいえ、言ってないです。誰も私たちの交際のことは知らないと思います。ほかの先生方や保護者の方々に知られるのも恥ずかしいですから。校長様にも、辞職するのは、家庭の事情とだけ言いました。今後も辞めるまでは秘密にするつもりです。けれども、小川さんにだけはお知らせしようと思って」

「あの、ともかく、おめでとうございます」

ありがとうございます、と答えた古橋さんは、弾けるような笑顔になった。

「だけど、古橋さんがいなくなるのはさみしいです。親しくお話できる職員がほかにいないので……いろいろ相談にも乗っていただいたし……」

「私も小川さんにはお話しやすかったので、さみしいです。なにか困ったことがあったら、私でよければ、いつでも連絡くださいね」

「そう言ってもらえて嬉しいです」

「小川さんには、もうひとつ秘密を打ち明けようかな」

「まだ秘密があるんですか？　なんですか？　気になります」私はテーブルに身を乗り出した。

「私ね、妊娠してるんです、三ヶ月」

「ええーっ」

私は三度目の大声をあげた。

目の前の楚々とした古橋さんと、あのいかにもおじさんっぽい副校長とのギャップがあまりにもあって、どうしても首を横に振ってしまうのだった。

2

　聖アンジェラ学園初等部の第三次募集による入学試験は滞りなく行われ、その結果、最終的に、Aクラス、αクラス、合わせて六十名の定員に対して五十九名の児童を来年度の新入生として迎えることになった。

　わずかに一名だけ定員に達しなかったものの、昨年度よりも入学予定者が上回ったことに、私は深く安堵した。

　そんな折に、クレールの「めばえスクール」の日を迎えた。

　レクチャーの始まる少し前に、クレールの担当者の木浪晴夏との打ち合わせの時間を持った。

　昨年私がクレールを退職する頃はアシスタントだった晴夏が、今日はレクチャーを担当するそうだ。私が仕事を直接引き継いだ羽田さゆりは、プロジェクトに関わっていないのか、姿がなかった。

「羽田さんは、異動になってしまったの？」

　訊くと、晴夏は、「聞いてないですか？」と返してきた。

「羽田さん、婚活が成功して、会社をあっさり辞めて、伊豆《いず》に行きました」

「え？　そうなの？　辞めちゃったのね」

「そうなんですよー。山崎部長も、小川さんに続いて退職者が出たことにがっかりしていました。

なんか、結婚相手とは街コンで出会ったらしいんですけど、旅館のひとり息子らしくて、羽田さん、女将《おかみ》さんになるらしいですよ」

「それ、いつのこと？」

「羽田さんが辞めたのは年末ですけど、ふたりが出会ったのは、五月らしいです。結婚式は年明けでした。早いですよねー」

私は悩みに悩んでクレールを去った。さゆりを信頼して情熱を傾けた仕事を引き継いだのに、彼女はいとも簡単に「めばえスクール」を放り出して結婚したのだ。私はさゆりが婚活をしていたこともまったく知らなかった。

黙っていると、晴夏が「羽田さんの婚活って」と口を開いた。

「かなり気合入っていましたからねー。仕事よりよっぽど熱心でしたし」

「そうだったんだ」

「で、山崎部長が、ですね。小川さんに、クレールに戻ってきてほしいと伝えてくれって言ってました。あとで部長からも小川さんに直接メールが行くと思いますけど」

「戻ってきてと言われても」

「無理ですよねえ、ここに勤めているんですものね」

「うん、まあ、そう」

「でも、どうせ働くんなら、うちのほうがやりがいありません？　うちなら、臨時職員じゃなくて正社員ですよ。小川さんが戻ったら、みんな喜びます。実は、新規の小学校がぜんぜん広がらなくて。小川さんがいたらって、部長なんて口癖みたいにずっと言ってます。もしかしたらそれが面白くなくて羽田さんは辞めるのを躊躇しなかったのかもしれないって思うぐらいです。やっぱり小川さんは、偉大でした」

たしかにクレールでの仕事はやりがいがある。勝手を知っている仕事なので、成果を出す自信もある。おだてられて気分だって悪くはない。

晴夏の言うように、どうせ働くのなら、クレールに戻るほうがいいのではないかとも思った。

私は、晴夏がレクチャーする「めばえスクール」を眺めながら、クレールへの復帰について考えていた。晴夏のレクチャーは仕切りも悪く、途中でいくつかのミスがあった。そんなことからも、クレールに自分がいたらもっとちゃんとできるのに、と思ってしまうのだった。

家に戻ると、クレールの山崎部長からパソコンにメールが届いていた。

もしその気があるのなら手伝ってほしいという趣旨だった。出張を減らすなど、働く条件も考慮するともあった。

「小川さんの力が必要なの」という文面に、私の心が揺れる。

私は夕食の席で、クレールからリクルートされていることを祐介に正直に伝えた。

「香織はクレールに戻りたいの？」

「うーん、悩んでいるんだよね。クレールに魅力を感じないと言ったら嘘になる」

「そうだよな、俺に相談するってことは、かなりクレールに心が動いてるんでしょ」

図星だった。私は黙って頷く。

「アンジェラで一年働くだけだと思ってたのに、香織がクレールに戻ったら前みたいに仕事、仕事になっちゃうんじゃない。子どものことだって……」祐介は憤然とした表情になる。

「働き方は考慮してくれるって。クレールは、産休育休もちゃんと取れるし、時短だって。山崎部長なんて、三人も子どもいるんだよ」

「香織は仕事に夢中になると、ほかのことが見えなくなるからなあ。子どものことも、俺のことも、二の次になりそうじゃん」

「そんなことはないよ。そもそも、子どもはまだいないのに、子どものことを出すのって、ずるいと思う。要は、自分が二の次ってことが一番言いたいんでしょ」

「香織だってずるいじゃん。そうやって成り行きで働き続けるつもりなんじゃん。クレールの仕事はさ、啓蒙のプロジェクトとはいえ、会社組織、つまり企業の利益のために働くわけでしょ。いまだって家庭をある程度犠牲にして働いてるけど、学校とか、教育とか、子どもたち、しかも母校の後輩のためだから、アンジェラはまだ許せるよ。負担もクレールより少ないし」

「祐ちゃんだって、企業の利益のために働いているのに、なんで女の、妻の、私だけが、そういうこと言われなきゃいけないのか、納得できない。だいたい、働くのは、勤め先だけのためじゃないよ。自分のためでもあるからね。そんな風にケチつけるってことは、つまり、祐ちゃんはクレールに私が戻るのに反対ってことね」

「まあ、正直言ってそうだな。だけど、自分のために働くって、それ、一部の恵まれた女性の発言なんじゃないの。仕事を辞めても経済的に困らない人の言い分。俺たち男のほとんどはさ、働くのは生きていくため、食べていくため、家族のためじゃん。もちろん、食べていくために働いている女性もいるけど、香織はそうじゃないでしょ。生きていくために働くのは、仕事の成果がどうとか言ってらんないよ。与えられた仕事をこなす、それだけだよなあ。簡単に辞めることだってできないさ。なんか、いいよなあ、迷えるって」

今日の祐介はやけに突っかかってくる。相談したのは間違いだった。祐介は私がクレールで働いていた頃に不満だらけだったことを思い出すと、私がクレールに戻ったら、私たちが険悪なムードになるのは目に見えていた。

「祐ちゃんの言い分はわかった」

私は食後のお茶を淹れるために立ち上がった。

3

クレールの山崎部長には、少し考えさせてくださいとメールを返して、そのままにしているうちに、六年生の中学受験のシーズンに突入した。

私は、祐介に対してもクレールのことは話題に出さないようにしている。とりあえずの間は結論を先送りにして、目の前の仕事のことを考えるように努めた。

二月になると、東京都の私立中学校の入学試験が続々と行われ、合否の結果が保護者から学校に知らされた。

「芝、合格しました！」

「慶應普通部、通りました！」

「頌栄《しょうえい》女子なんとか大丈夫でしたっ」

朗報が舞い込むと、うぉーっと職員室に歓声があがった。校長様も、まあ！　まあ！　と珍しく高いテンションで繰り返していた。

「筑駒です！　信じられません！」

最難関校合格の電話を受けて、「バンザーイ」と、佐々木副校長はその場で跳び上がった。頬には滂沱《ぼうだ》の涙が流れている。

私も、まるで自分の親戚の子どもを見守るような気持ちで一喜一憂した。

「女子学院ダメでした」

女子の不合格に激しく落胆した。

そうかと思うと、「豊島岡の補欠があがりました」との報に興奮し、横にいた赤石先生に抱きついてしまって、自分でもびっくりした。赤石先生も目を丸くしていた。

数校を失敗したのち、学芸大学附属竹早《たけはや》中学校のくじ引きに男子生徒が通ったときには、古橋さんと手を取り合って涙してしまった。それだけ私は聖アンジェラ学園の児童たちに思い入れを持っていることに、自分でもあらためて気づく。私は涙をぬぐいながら、働く場所はここしかないと心に決めていた。

「来年度も働かせていただきます」私は校長様に伝えた。

「ありがとう、本当にありがとう」校長様は、私の手を固く握った。

一方、山崎部長には電話をかけた。

「聖アンジェラ学園で仕事を続けることにしました」

伝えると、部長はしばらく間を置いて、そう、と呟いた。

「とても残念だわ。気が変わったらいつでも言ってね」沈んだ声で言った。

しかし祐介には、「アンジェラで来年も働くことにする」と告げられず、うやむやにしていた。そのため近頃はぎくしゃくしてしまっている。

広報担当の私は、難関校に児童が合格した場合、いち早くその情報をホームページとSNSにアップした。本人と保護者の許可をとり、児童の写真とともに合格校とそれまでの勉強の軌跡を、進学塾などのホームページを参考に、ストーリー仕立てに感動的な物語として載せた。その記事を更新すると、アクセス数がぐんとアップした。SNSの拡散も瞬く間だ。人々が中学受験の合否に並々ならぬ関心を寄せているのが、手に取るようにわかる。

二月の半ば過ぎには、六年生のαクラスの合否がはっきりした。児童たちは健闘し、男女ともに難関中学校に合格する子が数人ずついた。それは、おおいに宣伝になる喜ばしいことであると同時に、なにより子どもたちと親御さんの努力が報われたことが私としても嬉しかった。

もちろん最後まで結果が芳しくない生徒もいたが、男子はだいたいどこかの私立か国立中学に入学が決まったし、女子は中学受験に失敗しても、附属の聖アンジェラ学園中等部に進むことができた。Aクラスは、全員が推薦で附属の中等部に上がることが決まり、無事に六年生の進路は確定した。

副校長の主導で作った中学受験に特化したαクラスの初めての中学受験は、おおむね成功といえた。これで聖アンジェラ学園初等部の来年の入学希望者もぐんと増えるだろうし、学校の評判も上向きになるはずだ。テレビ番組の放映との相乗効果もあり、副校長のロリコン疑惑の噂もすっかり下火になってきていた。

祐介の冷たい態度に気が滅入りがちだった私は、明るい気持ちになった。二月十五日に行われる来年度の新入生説明会がうまくいけば、今年度の残る大きな行事は、マラソン大会と卒業式だけだ。

4

新入生説明会は講堂で行われた。

私は最後列に古橋さんと並んで座り、平井辰子校長様の話を聞いていた。いつものように、聖アンジェラの逸話が語られている。もう空で言えるくらい、聖アンジェラの生き様はおなじみになった。

隣の古橋さんはもともと細身だが、妊娠四ヶ月にもかかわらず、まったくお腹が目立っていなかった。つわりで食欲もないらしく、かえって痩せたようにも見える。したがって周りもまったく妊娠に気づいていない。古橋さんはできれば最後まで妊娠を伏せておきたいのだそうだ。

五十九人の入学予定者とその保護者は講堂の前方にかたまって座っていた。土曜日とあって、両親が付き添っている親子が目だっている。当然、南加奈子とその母親もいた。南は、遠目で見ても居眠りをしているのがわかった。加奈子は、ずっとスマートフォンをいじっている。ゲームか何かをやっているようだ。

いくら聖アンジェラ学園が第一志望でなかったからといって、あの態度はないだろうと、私は憤りを感じた。受付で見かけたときも、南親子はどことなくふてくされているような印象を受けた。もちろん、ほかにもあまり嬉しそうではない親子もいたけれど、あそこまであからさまな態度は示していなかった。

私はいまや南加奈子の入学を本気で危惧《きぐ》していた。加奈子と彼女の母親が聖アンジェラ学園初等部でなにも問題を起こさないでほしいと願うしかないが、不穏な兆候を前に、胸がざわついて仕方ない。

それでも表面上は、新入生説明会は無事に終わった。私はカメラマンが撮ったその日の画像と自分で書いた記事をさっそくホームページにアップした。

三月十五日は、聖アンジェラ学園初等部六年生の卒業式だ。

等々力の白豚と揶揄されたふくよかな男の子たち、やけに大人びて見える女の子たち、巣立っていく聖アンジェラ学園初等部の卒業生は、私にとって愛おしい存在だ。

中学受験については賛否がある。正直言って、私もこの仕事に就くまでは、あまり好ましいことは思っていなかった。いまでも、疑問に思う部分だってある。

しかし、必死に頑張った児童たちを見てきて、そしてそれをサポートする先生方や保護者の姿を知ると、外からむやみに批判するのもどうかと思うようになっていた。

子育てや教育には、それぞれの親にそれぞれの事情や思い、信念があり、ときに空回りしたり、行き過ぎてしまったりする。もちろん、親がなぜなかった事を子どもに託すというケースもある。だが、この生きづらい社会のなかで自分の子どもによりよい人生を送ってほしいという願いが、多くの親が受験へ突っ走る動機の根っこにあることが理解できた。そして子どもたちも、もがき苦しみ、闘っているのだ。

六年生の顔を眺めていると、胸に迫ってくるものがある。

すべての子どもたちがいい結果を残せたわけではないが、この学校で過ごした日々を胸に、さらに羽ばたいていってほしい。

卒業生を送る先生方も、多くが感極まって涙していた。

赤石先生は、真っ赤になって嗚咽していた。副校長は、式の最初から涙を流し続けている。そんな姿を古橋さんは目を細めて見守っていた。校長様は終始穏やかな慈愛あふれる表情だ。

今日は、古橋さんが辞めてしまう日でもあった。最後まで職員はだれも妊娠に気づいていない。古橋さんは仕事自体もしばらく休むようで、次の職場は未定だという。

謝恩会を終え、自宅マンションに戻ると急に疲れが出て、ソファーに横になった。

傍らのスマートフォンが震えて、目が覚める。少し眠っていたようだった。

着信は、姉だった。

「香織、今日、卒業式だったんでしょ」

「うん、ちょっと肌寒かったよ。今年はいつまでも寒くてやだなあ。博多はこっちよりあったかいよね、きっと」

「香織、それがさあ。主人、四月から東京勤務に戻るの。来週引越しだよ」

「え？　そうなの？」

驚いて素っ頓狂な声になってしまった。

「急に決まったの。まったく……家族みんなで来たばかりだっていうのに」

「舞花はまた転校？」

「それが、アンジェラにもう一度通いたいって、舞花が言ってるの」

「お姉ちゃん、いいの？　アンジェラで」

「公立も考えたんだけど、舞花が、仲いい子もいるし、アンジェラが好きだから、どうしても戻りたいって。海斗もお姉ちゃんと一緒がいいって言うんだよね」

「でも、受験はもうしないんじゃなかった？」

私は、確かめずにはいられなかった。

「それがね、舞花が自分から都立の中高一貫校に行きたいって言いだしたの。こっち来て地元の公立行ったら、自分がすごく成績がいいってことに気づいて、それが嬉しいみたい。自信がついたっていうか。勉強って楽しいなんて言っちゃって、自分からどんどんやってるの。あたしが、やめなさいって言うぐらいなの。おかしいでしょ。それで、受験したいって。あの子、親の負担を考えて、授業料安い都立って言っているんだと思う。でも、それ、実は、助かるんだ」

「そうなんだ」

舞花が自分から言ったということに感心した。ずいぶん大人っぽくなったものだ。

「だからね、難関私立よりは簡単な試験だけど、中学受験に変わりはないから、アンジェラに戻るのがいいかなって、あたしも思ったんだ。アンジェラには友達もいるから、新しい学校に行くよりいいし」

「よかったね。うん、よかったよ。それでいいよ」

「香織、心配してくれてありがとう。あたしも、前みたいに受験に追われておかしくなるようなことはないようにしようと思ってるから、大丈夫だよ。主人もいるしね。あたし、子どもは自分の作品でもなければ、道具でもないっていまはわかってる。舞花と海斗を、あたしの欲で振り回しちゃだめだよね」

「お姉ちゃん……」

「海斗もね、アンジェラに行かせるよ。中学受験するかどうかはまだ決めてないけど、嫌がらないんだったらとりあえず勉強はしといたほうがいいでしょ。選択肢はあったほうがいいでしょ。でも、もちろん、本人の気持ちを大事にするよ」

姉の言葉に、私は泣きそうだった。最近はどうにも涙腺がゆるすぎる。

だが、南親子のことを思い浮かべると、安心はできない。海斗が入学すれば念願の定員六十名に達するとはいえ、来年度は、なかなか一筋縄ではいかない新一年生の顔ぶれになりそうだ。海斗と南加奈子が同じクラスというのも、心配ではある。

来年度の聖アンジェラ学園初等部は山あり谷ありだろう。けれども、私はかえってやる気が湧いてくるのだった。


その日の夜、夕御飯を食べながら、祐介に姉が東京に戻ることを告げた。

「舞花ちゃんと海斗君がまた近くに来るのは嬉しいな」

祐介はここ最近にしては珍しく笑顔を見せた。

「うん、そうだね」

答えつつ、私は仕事のことを話すタイミングをうかがっていた。

「だけど、舞花ちゃんがアンジェラに戻るっていうのは、なんだかなあ。海斗君もそれでいいの？」

「いい学校なんだよ、アンジェラは。校長様も副校長も現場の先生も、お母さんたちだって、悩んだり迷ったりしながら、子どものことを一生懸命考えているの」

「香織、アンジェラへの愛情がそこまで深かったっけ」

「うん、そうだよ。だから私も戻って、働いているんだよ。私は、祐ちゃんがとても大事、一番大切。だけど、聖アンジェラ学園も、私にとってかけがえのないものなの」

私は六年生が合格したときにいかに嬉しかったかを話した。詳しく説明していると、感極まってまた泣きそうになる。祐介は黙って私を見つめていた。

「だから」私はそこで息を継いだ。

「来年度も、アンジェラで働きたいの」

祐介は、俺さ、と真剣な面持ちで呟いた。

「香織が働いているところを見て、好きになったんだったなあって思い出した、いま」

「うん……」

「なのに、結婚したら、俺より仕事を優先させるのに、腹が立ったっていうか、ヤキモチっていうか」

「ヤキモチなんて、そんな。祐ちゃんと仕事を天秤になんてかけてないよ、私」

「やっぱり、俺のお母さんが専業主婦だったから、妻は家庭にいて、夫に尽くすってのが、俺にとってはデフォルトだったからかな」

「私は私なりに祐ちゃんのことを尊重してるし、尽くしてるつもりだよ」

「そうだよね。香織が俺のことを考えて、クレールをやめてくれたのは嬉しかった。アンジェラで働くのも、一年間ってことだったから、軽いアルバイトみたいな感じかと思って、気にならなかった。だけど、ここまで一生懸命で、来年もまた働くとなると俺またヤキモチやきそう」

「祐ちゃん……」

私が言葉を失っていると、祐介は、「なんだろうな、ガキっぽいってことは自分でもわかっているんだけどさ」と言った。

「俺、香織を好きすぎるのかなぁ」

答えようがなく、さらに黙っていたが、祐介の素直さには、ほんのちょっとだけ感動していた。そこが祐介のいいところでもあるのだ。

「香織が仕事していくのを受け容れられるように努力してみるよ。少しずつだけどさ。だから続けていいよ、アンジェラ」

祐介は笑顔で言った。

上から目線の物言いが気になるものの、なんとか承諾してくれてよかったと思う。やはり、祐介が反対している状況で仕事を続けるのはしんどい。

私は、胸の内で小さく安堵のため息を漏らしながら、働き続けたいという自分の信念を夫に広報するのがなによりも難しいことなのかもしれないと、しみじみと感じていたのだった。


（了）

〈参考文献〉「ミサの前に読む聖人伝」C・バリョヌェボ著　サンパウロ発行

この物語はフィクションです。登場する人物・団体・名称等にはいっさい関係ありません。

〈初　出〉本書は「きらら」2013年10月号から2014年11月号に連載された『広報・聖アンジェラ学園』を改題、加筆修正し、単行本化したものです。

深沢 潮（ふかざわ・うしお）
東京都生まれ。2012年新潮社主催の第11回「女による女のためのR-18文学賞」大賞受賞。著書に受賞作を含む短編連作『縁を結うひと』（新潮文庫）、ママたちが抱える悩みを描いた『ランチに行きましょう』（徳間書店）、『伴侶の偏差値』（新潮社）、『ひとかどの父へ』（朝日新聞出版）、『緑と赤』（実業之日本社）がある。

編集 挽地真紀子
松田美穂

ママたちの下剋上

二〇一六年十一月十四日 初版第一刷発行

著者 深沢 潮
発行者 菅原朝也
発行所 株式会社小学館
〒一〇一-八〇〇一 東京都千代田区一ツ橋二-三-一
編集 〇三-三二三〇-五六一七 販売 〇三-五二八一-三五五五
DTP 株式会社昭和ブライト
印刷所 大日本印刷株式会社
製本所 牧製本印刷株式会社

造本には十分注意しておりますが、印刷、製本など製造上の不備がございましたら「制作局コールセンター」（フリーダイヤル〇一二〇-三三六-三四〇）にご連絡ください。
（電話受付は、土・日・祝休日を除く九時三十分〜十七時三十分）

 ISBN 978-4-09-386461-9